Francisco de Quevedo y Villegas

EL BUSCÓN

Copyright © EDIMAT LIBROS, S. A.
C/ Primavera, 35
Polígono Industrial El Malvar
28500 Arganda del Rey
MADRID-ESPAÑA

ISBN: 84-9764-540-5
Depósito legal: M-20850-2004

Colección: Clásicos de la literatura
Título: El buscón
Autor: Francisco de Quevedo y Villegas
Estudio preliminar: Enrique López Castellón

Diseño de cubierta: Juan Manuel Domínguez
Impreso en: COFÁS

IMPRESO EN ESPAÑA – *PRINTED IN SPAIN*

EVOCACIÓN DE QUEVEDO Y GUÍA PARA LA LECTURA DE «EL BUSCÓN»

Por Enrique López Castellón

I

«Hablar de Quevedo —dice Alberti— es hablar de un poeta extraño, de un alma en claroscuro violento, de un hombre endiablado con fulgores de ángel, de un espantoso, amarillo, torturado ser: una mística llama de azufre retorcida, un ascético hueso mondo, pelado, una desconocida exhalación en permanente zigzagueo, una vida en constante estertor, en robusta agonía...» Satírico por temperamento, con una forma especial de ver y vivir la vida en la que se entremezcla el estoicismo y la picaresca, agudo observador encarcelado, alma dolorida y, como tal, desafiante; crítico mordaz de la mediocridad cortesana, Quevedo es, sin lugar a dudas, el genio del Barroco español. Conoce los reinados de Felipe III (1598) y de Felipe IV (1621), las guerras con Francia y los Países Bajos (1624), las sublevaciones de Cataluña y de Portugal (1640), la España gobernada por validos y favoritos (Uceda, Lerma, el conde-duque de Olivares...). En suma, el proceso de decadencia política, económica y social del pueblo español se hace carne en Quevedo, que asume como propia la desesperanza de un país que ha perdido su norte en el protagonismo político de Europa.

Valbuena ha señalado que, a diferencia de los artistas como Calderón, que crean su mundo ideal, ajeno a la realidad exterior, aunque no dejen de entrelazarse con ella, Quevedo está continuamente en ese mundo de gobiernos y desgobiernos, y en medio de las luchas e intrigas de su generación nace su sátira, su escepticismo, su amargura. Si Cervantes es el genial retratista que descubre y hace vivir la naturaleza, Quevedo estiliza en rasgos grotescos los estados sociales, los oficios, los tipos, y es él mismo quien mueve el tinglado de la farsa —demasiado realista para parecer imaginada y demasiado deformada para parecer real— donde entran y salen muñecos de carne trágicos, grotescos o decorativos, dotados de esa intensa e inquietante humanidad de don Pablos, el protagonista de *El Buscón*.

Desde el punto de vista literario y artístico, no cabe duda de que la primera mitad de nuestro siglo XVII —como contrapunto quizá de los desastres bélicos, el disparate político, el empobrecimiento gradual del pueblo— es una época, no de decadencia, sino de apogeo. Cuando Quevedo alcanza la madurez, ha visto morir en 1614 a Mateo Alemán; en 1616, a Cervantes; en 1622, al conde de Villamediana —acuchillado en la calle Mayor de Madrid—; en 1624, a Vicente Espinel y al padre Juan de Mariana; en 1627, a Luis de Góngora, su enemigo personal y literario; en 1635, a Lope de Vega. Son, como él, hombres ya maduros, Francisco Suárez, los hermanos Argensola, Vélez de Guevara, Francisco de Rioja y Ruiz de Alarcón. Son más jóvenes Guillén de Castro, Rodrigo Caro, Mira de Amescua; con bastante menos edad, pero ya con personalidad que empieza a ser relevante, Tirso de Molina, Calderón de la Barca, Saavedra Fajardo, Agustín de Moreto, Juan de Jáuregui y Baltasar Gracián. Cuando alboreaba su juventud, todavía pintaba el Greco en Toledo; en su edad viril pintan ya Ribera en Valencia y luego en Italia, Zurbarán en Extremadura, Velázquez en Sevilla, y

·sculpen en Granada Alonso Cano, en Sevilla Martínez Montañés y en Valladolid Gregorio Hernández.

En medio de este conjunto esplendoroso de genios, de altas figuras teatrales y literarias, y de artistas y sabios cuyo renombre ha llegado a ser inmortal, Quevedo se desenvuelve de igual a igual, con soltura y desembarazo, conquistando la mitad cordial y hasta íntima de algunos como Lope de Vega y Cervantes, y la constante animadversión de otros, con quienes vive en perpetua y frenética disputa, como Góngora, Ruiz de Alarcón, Juan de Jáuregui, Luis Pacheco de Narváez y finalmente Juan Pérez de Montalbán. Política, aventura, dignidad, intrigas, fracasos, cárceles e ingratitud van dejando en el alma de Quevedo el poso de un amargo desengaño. Como un anticipado escritor de la generación del 98, vive e intuye la decadencia de España:

«y es más fácil, oh España, en muchos modos
que lo que a todos les quitaste sola
te puedan a ti sola quitar todos»,

gime en un adivinador y sentido soneto a su patria. Al tiempo, él mismo se burla de su defecto físico: «Soy tartamudo de zancas y achacoso de portante.» Se reconoce como hombre frío, cerebral y calculador, trabajador incansable y luchador: dos maneras de no estar nunca excesivamente solo, unas veces rodeado de enemigos o de amigos interesados y siempre de libros, amigos mudos por quienes se comunica con los vivos y con los muertos. Por ellos también lucha, trabaja, vence, satiriza, sermonea o hace obra de predicador ético, porque es escarmiento de unos y escándalo de otros. Censuras y prohibiciones contribuyeron a que pudiera afirmarse: Quevedo, el escritor de quien más se habla y menos se lee. Parece que va con el mismo ardor al ditirambo que a la cárcel.

>«No he de callar por más que con el dedo
>ya tocando la boca, ya la frente,
>silencio avises o amenaces miedo.
>¿No ha de haber un espíritu que aliente?
>¿Siempre se ha de sentir lo que se dice?
>¿Nunca se ha de decir lo que se siente?»

González Palencia ha estudiado a Quevedo por dentro y ha conocido su hondura como pocos. «Yo creo —dice— que en Quevedo hay que reconocer violencia de sentimientos, exaltación de pasiones, desenfreno a veces, procacidad, crueldad, implacabilidad en los ataques y en las burlas, falta de moderación tolerante en los juicios, concretados a menudo en terribles dicterios; pero por encima de todo y envolviéndolo todo como un velo de nobleza, hay un ansia insatisfecha de justicia, desinteresado espíritu de rectitud, romanticismo de caballero andante, culto a los ideales religiosos y patrióticos, devoción por la amistad y admiración tan fervorosa y ferviente de los méritos ajenos que obligan a exculpar, y casi absolver, con benevolencia sus frecuentes pecados. No sólo es un moralista, sino que se puede decir que no aspira a ser más que un hombre a quien y ante quien preocupa sobre todo el aspecto ético de los grandes problemas humanos.»

II

Nuestro autor nace en Madrid en 1580, el año en que se incorpora Portugal a España y que Cervantes es rescatado de su cautiverio de Argel. Procede de una familia cortesana y de noble ascendencia, por lo que su cuna le abrirá las puertas de la vida política de la época. Durante su infancia, Montaigne publica sus *Ensayos,* Fray Luis de León escribe *Los nombres de Cristo*; Santa Teresa, *Camino de perfección*, su *Vida* y *Las Moradas*, y Lope de Vega da a conocer la *Arcadia*. Son tiempos de luces y sombras. Felipe II ha logrado proclamarse rey de Portugal y colocar la última piedra del Monasterio de El Escorial, pero poco después ha padecido la derrota de la Armada Invencible y se ha visto obligado a detener a su secretario y confidente Antonio Pérez. A la muerte del Rey Prudente —Quevedo tiene dieciocho años—, España ha cedido a su soberanía sobre los Países Bajos. Quevedo ha ingresado en el madrileño Estudio de la Compañía de Jesús —hoy Instituto de San Isidro—, y cuatro años más tarde se ha incorporado a la prestigiosa Universidad de Alcalá de Henares. En estos años, ha visto impreso su primer soneto, en elogio de Lucas Rodríguez, y sus primeras obras en prosa. Nacen Zurbarán, Velázquez, Calderón, Alonso Cano y Baltasar Gracián. Quevedo, poco después de perder a su madre, aparece en la corte vallisoletana de Felipe III, que ha confiado el gobierno a su valido el duque de Lerma, a cuyo servicio se pone el joven autor. Estamos en el año en que, tras la muerte de Isabel de Inglaterra, España firma la paz con aquel país y Spínola toma Ostende (1604).

En 1606, Quevedo conoce al duque de Osuna, mientras está escribiendo sus primeros *Sueños*. Cervantes acaba de dar a conocer la primera parte del *Quijote*. A sus estudios de humanidades, lenguas modernas y filosofía, en Alcalá, la joven promesa de la lengua castellana ha añadido en Valladolid un buen conocimiento de teología, de sagradas escrituras y de patrística. Su aguda inteligencia y su enorme sed de saber le hacen adquirir una amplia cultura, de la que dan cumplida muestra sus escritos. Soler Cayetano, a quien debemos un notable retrato psicológico del polígrafo, nos dice que «las ciencias que poseyó fueron tantas y las dominó en tal extremo, que sin lisonja pudo decirle Van der Mammen que era tan universal en todas las materias y tan particular en cada ciencia o arte, que nadie juzga sino que nació para lo primero que toma entre las manos o que fue criado para todas».

La corte ha vuelto a Madrid; se ha acordado una tregua de doce años con Holanda y se ha procedido a la expulsión de los moriscos. El duque de Osuna es nombrado virrey de Sicilia. Quevedo marcha a Italia poco después como consejero del duque, a quien el poeta cantó con nobleza en vida y en muerte. Su ambición política parece fuera de toda duda. Fue tanteando opciones sin reposo; se sublevó por querer alcanzar lo que pudo y deseó, y quizá despreció con sonrisa burlona lo que no llegó a conseguir.

«Oh, cuán inadvertido el hombre yerra;
que en tierra teme caerá la vida,
y no ve que, en viviendo, cayó en tierra.»

Ramón Garciasol ha intentado sintetizar esta ambición al decir: «Lo quiso todo: el poder, la gloria literaria, la grandeza poética, saciar la comezón nobiliaria, el esclarecimiento filosófico, el comportamiento moral, el sarcasmo por superioridad, el desprecio a lo torpe, el relincho visceral.»

En 1618 lo encontramos en Venecia, conspirando contra la Señoría. Al producirse el año siguiente la matanza del 19 de mayo contra los conjurados, Quevedo logra escapar disfrazado de mendigo y haciéndose valer de su buen acento italiano. Se trata de una curiosa situación para quien acaba de ser recibido como caballero del hábito de Santiago. Como consecuencia del fracaso político, el duque de Osuna cae en desgracia, arrastrando a Quevedo, que sufre prisión en Uclés (Cuenca), recluido en sus posesiones de la Torre de Juan Abad, y después arresto domiciliario en Madrid, circunstancia que aprovecha para escribir *Política de Dios y gobierno de Cristo* (1621). Es el año en que muere Felipe III dejando al país envuelto en la guerra de los Treinta Años y acabada la tregua de España con Holanda.

Para Quevedo, el fracaso y la ruptura con el duque debieron significar una grave desilusión, y al replegarse a Madrid de nuevo y volver a entrar en la fauna literaria, se sentiría fuera de situación. A partir de este momento en todos los escritos quevedianos se percibe cierta agrura de hombre desencantado, no tanto por los demás como por su mala suerte, viendo cómo se le iba de entre las manos la situación única. Tras la caída del poder del duque de Lerma, Quevedo vuelve a ser confinado en sus posesiones en la Torre de Juan Abad, pero desde su apartamiento se muestra como excelente observador de la época en su *Epístola satírica y censoria contra las costumbres presentes de los castellanos*. En el retrato que pinta Pacheco de Quevedo durante un viaje del escritor a Sevilla, aparece con el pelo intensamente negro, abundante bigote, ojos negros, vivos y de mirada penetrante; poderosa cabeza, rostro fuerte, nariz de judío, labio inferior abultado y mentón tesonero; lleva anteojos para agudizar sus ojos miopes.

Tras una convalecencia en Villanueva de los Infantes, el ya ilustre escritor consigue ganarse la confianza del rey Felipe IV, que lo nombra su secretario, mientras su antiguo protector, el duque de Osuna, muere en prisión. Es uno de los momentos cumbres de su producción literaria. Escribe *El Buscón*, los *Sueños*, *La culta latiniparla*, *El chitón de las tarabillas*... Su crítica y su ironía despiadada le han hecho tener numerosos enemigos, hasta el punto de que Luis Pacheco de Narváez lo denuncia a la Inquisición.

Durante su estancia en Madrid, Quevedo se casa con Esperanza de Mendoza, pero su matrimonio fracasa y dos años más tarde se separa de su esposa. Una carta de estos años, desde la Torre de Juan Abad, ofrece tintes desoladores: «Ni han sembrado, ni pueden, ni hay pan. Los más le comen de cebada y centeno. Cada día traemos pobres muertos de los caminos, de hambre y desnudez. La miseria es universal y ultimada.»

Con todo, aún no ha llegado el momento más doloroso de su vida. Sus intentos de aproximación al conde-duque de Olivares, valido del rey, fracasaron por la reserva y desconfianza de éste. Cuando aparecen en la mesa del monarca unos pareados satíricos contra el valido, se atribuyen inmediatamente a Quevedo. Éste vuelve a caer en desgracia, es hecho preso en casa del duque de Medinaceli y se lo traslada al convento de San Marcos de León, tras habérsele confiscado sus obras, cartas y poemas. Prescindiendo de las circunstancias históricas, de las burlas y venganzas de sus enemigos, su encarcelamiento fue para su alma ascética y para su vida de escritor algo decisivo. En el encierro de San Marcos escribía: «Espero lo que me venga; sin que me altere el ánimo la contemplación de mayores trabajos, ni me aflige para la desconsolación la memoria de golpes, más sensibles por más crueles; vivo siempre con la esperanza de que su divina majestad ha de iluminar a los que me persiguen, para que reconociendo su error puedan quedar perdonados; vivo contentísimo en mis trabajos, porque creo que me convienen más que las felicidades que antes gozaba.»

Quevedo pasa enclaustrado cuatro dolorosos años, precisamente los de la sublevación de Cataluña, la rebelión de Portugal y la conjura de Andalucía. Vélez de Guevara acaba de escribir *El diablo cojuelo* y Calderón de la Barca *El alcalde de Zalamea*. Cuando en 1643 cae de la privanza el conde-duque, el escritor sale de la prisión. Abandona San Marcos sin rencor, sin pretensiones revanchistas, dispuesto quizá a cumplir lo que había aprendido en la calma y en la tribulación. Los testimonios sobre los últimos años hablan claramente de su preparación a bien morir, con muestras de una piedad poco común. Es el último fulgor de su esplendor literario, el momento en que escribe *La paciencia y constancia del Santo Job*, la *Vida de Marco Bruto* y la *Vida de San Pablo*. Su salud está muy quebrantada y se retira a sus posesiones de la Torre de Juan Abad, desde donde, no contento con la soledad, se traslada a Villanueva de los Infantes, en pos del padre Jacinto de Tébar, a quien profesó especial aprecio y veneración. Allí le sorprendió la muerte el 8 de septiembre de 1645. En un endecasílabo escalofriante había dicho: «Soy un *fue* y un *será* y un *es* cansado...» Bergamín ha escrito de él que era hasta infernal, por demasiado humano.

III

Como recuerda Domingo Ynduráin, la *Vida del Buscón llamado don Pablos; ejemplo de Vagamundos y espejo de Tacaños* no fue editada por Quevedo ni éste la reconoció como suya. Con todo, parece que la fecha en que la redactó el ilustre escritor madrileño fue muy anterior a su publicación, pudiéndose situar aquélla entre 1603 y 1608. Es de advertir que muy posiblemente existieron dos versiones *El Buscón*, una primitiva y otra retocada, como cabe deducir del estudio de los manuscritos y ediciones llevado a cabo por F. Lázaro Carreter. Por otra parte, la inexistencia de referencias históricas concretas en la novela imposibilita una fechación precisa. Aún más —como también señala Ynduráin—, «en *El Buscón* encontramos una extraña distorsión temporal o, mejor, un tiempo plano, como si los hechos o referencias históricas no tuvieran lugar en distintos puntos de la línea temporal, sino que sucedieran todos ellos en el mismo momento».

El librero Roberto Duport publica por primera vez *El Buscón* en Zaragoza, en 1626, ofreciéndose cambios y cortes sobre un manuscrito original que se halla en la Biblioteca santanderina de Menéndez Pelayo, y ha sido cuidadosamente publicado por Américo Castro, en la colección de «Clásicos Castellanos». Otras versiones manuscritas son la copia que perteneció al bibliotecario don Juan José Bueno y el manuscrito procedente de la catedral de Córdoba del que, al parecer, Astrana Marín poseyó una copia. Posteriormente —y siempre sin el consentimiento del autor, como ya había ocurrido con otras impresiones de obras de Quevedo— aparecieron otras impresiones de *El Buscón* (entre 1626 y 1648), en Barcelona, Valencia, Zaragoza, Rouen, Pamplona, Lisboa y Madrid.

Es de destacar que ninguna de las ediciones aparece en el reino de Castilla (incluso la de Madrid aparece fechada en Zaragoza), pues, como es sabido, la censura era mucho menos estricta en los reinos de la Corona de Aragón. De hecho, *El Buscón* fue perseguido por la Inquisición en 1646, llegando incluso Quevedo a negar haberla escrito, dado que no figura en el *Index* de las obras que reconoce como suyas en 1640. Valbuena escribe al respecto: «Como en los *Sueños,* aunque no en motivos tan esenciales de la obra, la censura hizo cambiar el sentido del autor por nimios respetos aun en casos en que para mí es excesivo calificar de irreverencia; probablemente los censores no entendieron la intención del escritor.»

De todos modos, la obra tuvo un éxito extraordinario, como lo prueba el gran número de ediciones que se llevaron a cabo. Este es un hecho histórico incontestable, como también lo es que Pacheco de Narváez atacó a su enemigo Quevedo tomando como pretexto los problemas que con la censura podía tener *El Buscón*. No hay, en cambio, acuerdo entre los investigadores sobre en qué momento de su vida escribió Quevedo tan admirable novela. Y ello no sólo por las dificultades históricas para la localización, sino porque la perfección de la misma ha hecho que algunos críticos tiendan a situarla en una edad madura del escritor. Así se expresa, por ejemplo, Américo Castro cuando argumenta: «Se suele situar esta admirable novela hacia 1606 —entre los veinte y los treinta años de Quevedo—, ateniéndose a la letra del texto: años de escuela y universidad, y a las alusiones más o menos históricas de Antonio Pérez y al sitio de Amberes por Spínola (1602-1604). Creo, sin embargo, se trata no de un libro de juventud, sino de recuerdos de juventud, escrito en plena madurez. Para crear los veintitrés capítulos del *Buscón* no basta una inteligencia brillante y precoz, y libros y más libros. Hace falta algo más: la vida, y vida gozada y padecida, metiéndose audazmente de hoz y coz en ella. Por eso me inclino a fechar este libro hacia 1620, al regreso definitivo de Italia, donde comenzó la vera existencia de don Francisco.»

No obstante, el argumento de Américo Castro resulta poco convincente tanto por su no aportación de prueba alguna como por el hecho de que Salas Barbadillo reproduce multitud de expresiones, anécdotas y planteamientos de *El Buscón* en una obra suya fechada en 1620. Por todo ello, Ynduráin concluye que, «como no parece posible la influencia de Salas en Quevedo, y las semejanzas aparecen desde las primeras páginas, habrá que concluir que *El Buscón* se escribió antes del 28 de septiembre de 1619, fecha de la *Suma del privilegio* firmada en Lisboa por Pedro de Contreras». Más en concreto, cabría suscribir con Francisco Rico que «la fecha de conclusión quizá puede retrasarse hasta 1605: Quevedo, en efecto, parece haber tenido en cuenta algunos datos de la segunda parte del *Guzmán*, aparecido en diciembre del año anterior. Hubo, por otro lado, una revisión del texto, probablemente entre 1609 y 1614, como conjetura el profesor Lázaro Carreter». En suma, *El Buscón* es una obra primeriza de Quevedo, relacionable con obras como *La*

vida de la Corte, y no es la culminación del género picaresco, sino una de sus primeras obras.

IV

¿Qué es, pues, el género picaresco? Tradicionalmente se
caracterizaba la novela picaresca recurriendo a una constante
en temas o argumentos que se centraban en la figura protagonista del pícaro, tipo de persona descarada, traviesa,
bufona y de mal vivir que, por lo general, hacía un relato
autobiográfico en el que se sucedían situaciones o pasajes
variados y jocosos que daban pie al autor para presentar un
amplio muestrario de caracteres propios de la época. Algunos autores han añadido a ello la intención moralizante de la
narración. Así Herrero García, en su *Nueva interpretación de
la picaresca*, cree que ésta «es un producto seudoascético,
hijo de las circunstancias peculiares del espíritu español, que
hace de las confesiones autobiográficas de pecadores escar-
mentados un instrumento de corrección». No es éste el caso
de *El Buscón*, más cercano a la sátira de costumbres, desde
una visión pesimista, que al sermoneo moralizante.

Por el contrario, las interpretaciones modernas de la
novela picaresca se basan en criterios de forma y de estruc-
tura, esto es, indagan el sentido y la significación de la obra
tomada en conjunto. Lo que caracteriza, en suma, la manera
de novelar que introduce *El Lazarillo de Tormes*, es la superación de la simple acumulación de elementos, sustituida
ahora por un orden coherente en el que la vida del protagonista, lo mismo que las acciones, progresa hasta una situación final. Aunque la idea del desheredado de la fortuna que
cuenta su vida había aparecido ya con *El Lazarillo* en 1554,
sólo a partir de 1599, en que se publica la *Primera Parte de
Guzmán de Alfarache*, de Mateo Alemán, se puede hablar de
narración picaresca. El género alcanza su plenitud durante el

reinado de Felipe III (1598-1621) y pocos años más. Es el momento en que aparecen *El Guitón Honofre*, de Gregorio González; *La pícara Justina*, de F. López de Úbeda; *La hija de Celestina*, de Salas Barbadillo; *Vida del escudero Marcos de Obregón*, de Vicente Espinel, y muchas otras.

Quevedo aceptaría en *El Buscón* la temática, el carácter en el que el pícaro cuenta sus orígenes familiares, etc.; pero construiría su novela a base de episodios independientes, rompiendo el esquema narrativo. Muchas veces Pablos es un simple relator de tipos curiosos o de aventuras ajenas; así, la progresión de la novela reside en la importancia creciente de los hechos, no en la personalidad del protagonista. Las deformaciones caricaturales actúan sobre fondos de realidad pintoresca (los estudiantes de Alcalá, el pupilaje del Dómine Cabra, el hampa, las fiestas populares...). La gracia, la segunda o tercera intención, la doble alusión en el chiste o en el detalle descriptivo, conservan en la mayoría de los casos su fuerza cómica, aunque a veces los enemigos del autor no la comprendiesen. Leo Spitzer considera, así, el arte de estilo de *El Buscón* consecuencia de dos actitudes psicológicas del autor: anhelo de aventura y deseo de huida del mundo, a la vez. Quiza sea esta contradicción, más que la presentación de muchos tipos miserables y pobres, lo que hace que la novela deje al lector un regusto amargo y pesimista.

¿Es esta novela una «negra lección moral» o se trata simplemente de una obra de ingenio en la que Quevedo da rienda suelta a su extraordinaria capacidad para fabular y para jugar con el lenguaje? «Cuando te rías de sus chistes —se dice en el prólogo a la edición de 1626—, alaba el ingenio de quien sabe conocer que tiene más deleite saber vidas de pícaros, descritas con gallardía, que otras invenciones de mayor ponderación.» No obstante, *El Buscón* acaba con una rápida moraleja que ha sido muy discutida por los críticos: «... pues nunca mejora su estado quien muda solamente de lugar y no de vida y costumbres». Para Ynduráin, por ejemplo, esta reflexión final es «la típica coartada ideológica que consiste en separar o distinguir entre falsa y verdadera nobleza en un plano trascendente; se la hace así independiente de la social e inoperante». Realmente, son muchos los pasajes de la obra en los que se presentan malas acciones que no van seguidas de castigo. Así tenemos que la parodia de la consagración realizada en casa del verdugo, repetida después en Sevilla, no tiene consecuencia alguna para los sacrílegos; tampoco tiene consecuencia la muerte de los dos alguaciles por los bravos de Sevilla, entre los que se encuentra Pablos. El falso ermitaño gana dinero con trampas, pero escapa tranquilamente; Pablos se finge pobre y gana con ello bastante dinero, etc. Sin embargo —y esto es lo significativo—, cuando el protagonista —u otro personaje cualquiera— trata de hacerse pasar por caballero (o por rico) aparece inmediatamente el castigo. Aunque la novela comience con el intento de ascensión social por parte de Pablos, el fracaso de su propósito de casamiento con doña Ana, la prima de don Diego, acaba con sus ansias de escalar hacia el mundo de la nobleza. Ésta es, en cualquier caso, la única «lección» que parece desprenderse de *El Buscón*: que nadie puede ascender a caballero desde la vileza. Por ello, cada vez que Pablos se ensalza, queda humillado; sin embargo, cuando acepta su papel social o cuando se rebaja, las cosas le ruedan bien. A Quevedo no le interesa destacar que sus actuaciones son éticamente condenables, unciéndolas a sus merecidos castigos, sino simplemente reír y hacer reír con ellas. Como señala Ynduráin, «mientras los hechos se mueven en el nivel en que lo hacen, no son una amenaza para el orden civil ni afectan a la clase noble, solamente a otros servidores. En consecuecia, el autor puede presentarlos de manera distanciada: en cada caso sólo interesa el esquema de actuaciones, las líneas de fuerza o la sorpresa, jamás el sentimiento que puedan producir. Para

Quevedo, los personajes son tipos, no personas; para él, no hay vidas, sino anécdotas. Como dice Spitzer, desde su situación superior, la vida de los demás sólo es un juego».

Quevedo muestra, pues, desde su posición clasista, una total frialdad e impiedad hacia sus personajes. El hombre no puede apartarse «de los incentivos de su natural depravado». Esta negación previa a la posibilidad de salvación del pícaro sitúa a Quevedo, como en sus restantes escritos, en prosa y en verso, de la época, en un punto de mira diametralmente opuesto al del autor del relato picaresco. Quevedo, caballero cortesano, hidalgo y cristiano viejo, contempla divertido las trapacerías de los que viven «a la droga»; ve cómo intentan inútilmente encaramarse, y avisa a las buenas gentes para que no se dejen engañar. No le interesa el conflicto íntimo de sus personajes, sino las maneras que ponen en juego para confundirse con estados superiores de vida. Al margen de ello, el autor no pretende otra cosa que jugar con los personajes y con el lenguaje, retorciéndolo, manejándolo diestramente, distorsionándolo, haciendo malabarismos con diferencias de significados, con insinuaciones irónicas, con bromas despiadadas que, en otro contexto, no harían reír sino llorar. Quien no está en el secreto de esta intención no podrá disfrutar con la lectura de la novela. Como dice Juan Alcina, «quizás el lector moderno de *El Buscón*, deseoso e interesado por la realidad que trata de descubrir, no dé todo el valor que tiene a la creación misma, esto es, no acierte a calibrar el valor sustancial que la elaboración misma tiene. Para Quevedo y el público inmediato, el interés de *El Buscón*, como el de toda obra festiva de la época, no estaba en lo que denunciaba, ni en las opiniones que su autor sustentaba sobre esa realidad, sino en la "gallardía" con que era presentada». Realmente, la originalidad de Quevedo no está en lo que presenta (pupileros avarientos que matan de hambre a sus pupilos, novatadas de estudiantes, arbitristas, fulleros, etc.), sino en el puro juego verbal. En general, Quevedo parte de temas, anécdotas o tipos ya tratados en otras obras literarias a lo que da nueva fuerza expresiva mediante la intensificación y exageración de los rasgos fundamentales, reduciendo, al mismo tiempo, las explicaciones y la extensión lingüística de la narración.

V

El Buscón es un amplio muestrario de caracteres al que Quevedo pasa revista mediante un personaje interpuesto: don Pablos, el protagonista de la novela, quien no siempre es el centro de la acción, sino que en muchas escenas aparece como un simple relator que cuenta lo que va apareciendo ante sus ojos. Éste no se dirige directamente al lector, sino que escribe para un destinatario anónimo, «vuesa merced». En *La novela picaresca y el punto de vista*, Francisco Rico entiende a este respecto que «ese Señor de Pablos no forma parte de la novela a título ninguno, es un mero nombre. Quevedo lo encontró en su libro y no se ocupó en darle sentido (cuerpo o siquiera sombra). De tal forma, el destinatario, antes dato fundamental de la autobiografía, quedó reducido a una vana redundancia, suprimible con ventaja: pecado de lesa arte».

Otros críticos, como Domingo Ynduráin, no sólo no están justamente de acuerdo con esta valoración negativa, sino que, por el contrario, consideran que ello confiere a la novela un magnífico arranque. Realmente, Quevedo esperaba que el lector quedase impresionado en las primeras páginas por el contraste que podría ofrecer la inequívoca ascendencia vil de don Pablos con sus aires nobiliarios y con su rotunda afirmación personal en ese «yo, señor, soy de Segovia», con que inicia la narración.

En esas primeras páginas se ofrece la clave de la obra: a saber, la narración va dirigida a un lector que se supone perteneciente a una clase social elevada —lo que permite un distanciamiento del destinatario del relato respecto a lo que se novela, distanciamiento que hace posible la comicidad— y el presunto autor de la novela es el pícaro, lo que ya de por sí refleja la audacia del protagonista al considerar que su vida merece la atención del culto y señorial lector. Es de advertir que, en este sentido, la obra pierde una gran carga de comicidad para el lector moderno, menos sensible al distanciamiento interclasista. En compensación, ese lector de hoy descubre una realidad social que si para el contemporáneo de Quevedo resultaba familiar y doméstica, para nosotros se nos revela con todo el atractivo de la evocación de una época que nos resulta extraña y lejana.

Hoy en día pueden parecernos normales, lógicos y legítimos los intentos de superación y de escalada social de don Pablos a la vez que nos resultan lamentables e injustos sus fracasos y frustraciones. No es de extrañar, por tanto, el tono fatalista y pesimista que muchos críticos contemporáneos han creído hallar en *El Buscón*. Quiero decir con esto que el protagonista de la novela de Quevedo aparece, a los ojos del lector actual, dotado de una humanidad y de una cercanía que están muy lejos de la intención del autor y de la sensibilidad y la óptica de la época. Lo que en su momento fue comicidad descarnada y pretendidamente incruenta lo recibimos hoy como un mensaje trágico y determinista. ¿Qué sentimientos pueden despertar el hecho de que un niño de siete años que, adiestrado por su padre, un barbero, roba a los clientes mientras los afeita, muera a consecuencia de los azotes que le propinan en la cárcel? Hoy se nos antoja que los personajes de la novela picaresca merecen más compasión y lástima dado lo injusto de su situación y la legitimidad de sus aspiraciones, que burla de sus desgracias y fracasos.

Contrastar esa doble óptica constituye una tarea apasionante para quien trata hoy de compaginar la lectura de *El Buscón* con un conocimiento mínimo del contexto económico-social en el que en su día apareció la excelente novela de Quevedo, y ello más allá del pintoresquismo de personajes, costumbres y situaciones.

¿Qué solución cabe a don Pablos tras la constatación de sus continuas caídas, a las que cada vez corresponde una mayor degradación moral del protagonista? Parece que Quevedo trata de decirnos que don Pablos está destinado al fracaso si no cambia de propósitos: esto es, si no abandona sus peregrinos intentos de escalar la pirámide social y se contenta con acomodar su vida y sus costumbres a las que son propias de su condición de clase inferior. La aceptación de lo que es y de lo que tiene constituye, así, el fondo estoico —y quizá de resignación cristiana— que impregna la novela. No es aquí una determinada exigencia moral que se aconseja seguir, sino que es simplemente la pura necesidad de la naturaleza de las cosas que se impone con la fuerza que le es propia. Para Quevedo y sus contemporáneos, la comicidad de *El Buscón* reside en la locura y la necedad del pícaro que intenta trastocar un orden «natural». Tiene, en este sentido, toda la razón Ynduráin cuando señala que *La vida del Buscón* «no prueba ninguna tesis —dentro de lo que pueden probar las obras literarias—, pero sí refleja la ideología de su autor».

El distanciamiento de Quevedo y del lector respecto a la novela y el hecho de que sea un pícaro quien la cuente tiene, además, el efecto de neutralizar la censura que podría suscitar la descripción de unos personajes y de unas situaciones que resultan rotundamente amorales. Autor y lector se sitúan, así, en un plano jocoso y relajado que no se ve importunado por exigencias éticas. Todo sucede en *El Buscón* de una forma natural. Autor y lector han de encontrar normales todas las villanías —con ese doble significado ético y social que el término «villano» tiene en castellano— que los pícaros lleven a cabo. En este clima de complicidad y de relajamiento festivo que impregna *El Buscón* radica la facilidad para la risa o la sonrisa. Y este tomar la vida como juego —tras dejar de lado las aspiraciones contra natura— puede, sin embargo, sintonizar perfectamente con una sensibilidad muy propia de nuestros días. Se trata de una «segunda lectura» del libro de Quevedo que el lector de hoy no debiera evitar. Realmente, los momentos más felices de don Pablos —y, a mi manera de ver, también del lector— se producen cuando el protagonista, intuitiva más que reflexivamente, se decide a acomodarse a su medio natural.

> «*Haz como vieres* dice el refrán, y dice bien.
> De puro considerar en él, vino a resolverme de ser
> bellaco con los bellacos, y más, si pudiere
> que todos. No sé si salí con ello, pero yo aseguro
> a v. m. que hice todas las diligencias
> posibles.»

No es ésta, empero, una actitud que el autor propugne —de hecho, *El Buscón* no prescribe nada— y mucho menos que trate de presentar como un reflejo de lo que se da en la realidad. Los personajes de carne y hueso dan pie para la deformación esperpéntica, y luchan y se debaten en un mundo difícil y duro en el que hay que esforzarse hasta para sobrevivir. El comer diariamente se convierte a veces en un problema que hay que resolver sobre la marcha. Como en *El gran teatro del mundo*, de su contemporáneo Calderón, cada mortal tiene asignado para Quevedo un papel específico. La novela, tomada como juego y diversión, es precisamente un pequeño recurso para escapar momentáneamente de ese mundo cruel. Es de suponer que Quevedo disfrutó escribiendo *El Buscón* y que consideró que otros lo pasarían muy bien leyéndola. Pío Baroja decía que las novelas, ante todo, tienen que ser divertidas. En Quevedo el acierto de una técnica expresionista y deshumanizadora, puesta al servicio del mundo ocioso y aristocrático en diversos juegos de lenguaje, nos ha dado, paradójicamente, una pieza que hace sentir al lector moderno una parcela de nuestra historia menor en sus más auténticas dimensiones. «Otra cosa —como dice Ynduráin— es que el crítico actual se espante *(a posteriori)* de haberse reído con una historia tan poco edificante y de haber aceptado, como premisa y consecuencia, una perspectiva tan brutalmente clasista como es la del autor: toda (buena) obra lleva dentro y obliga a aceptar las coordenadas desde las que se escribe, sociales, personales, etc. *El Buscón*, en este sentido, es un auténtico éxito. Y, como es lógico, los espantados críticos tratan de justificarse a sí mismos por haberse dejado prender en las redes quevedescas; lo malo es que lo hacen tratando de alterar el sentido de la trampa, dignificándola metaliteralmente, falsificando su experiencia de lectores y, en definitiva, perdiendo la casi absoluta libertad (literaria) de que han gozado mientras leyeron.»

Con todo, *El Buscón* no se ofrece como una obra total, como el producto final de un plan concebido, en el que cada detalle o episodio se articula e inserta en un conjunto armónico dotado de sentido. Por el contrario, Quevedo no tiene la menor dificultad para variar la valoración de un dato si con ello logra el efecto deseado. Sus excelentes recursos y su rico caudal lingüístico y fabulador se polarizan en torno a cada uno de los temas o motivos que componen el libro. Ello produce en el lector el efecto de «un amontonamiento caótico y contradictorio». Al hombre de hoy podría antojársele que leer la novela de Quevedo es como ir sacando mil pequeños tesoros de un viejo y polvoriento baúl en el que se hubieran introducido ocasionalmente, sin orden ni concierto.

Pues —en el decir de Ynduráin— «cada nuevo dato introduce un planteamiento nuevo, distinto y aun contradictorio respecto a los que le preceden o siguen». Las reiteraciones son un hecho, pero resulta difícil interpretar su conjunto desde un mismo criterio, ya que muchas de ellas no inciden en el conjunto.

Esta desconexión ha sido objetada críticamente muchas veces. E. Asensio señala al respecto que «Quevedo pagó tributo a la revista de tipos estrambóticos vagamente unificados por un rótulo o defecto»; y F. Rico añade: «Lo malo es que, recurriendo al molde de la picaresca y desposeyéndolo de los componentes que lo hacían eficaz, Quevedo renunció a crearse una forma propia y disgregó el libro en niveles inconexos.»

Otros autores opinan —más acertadamente a mi juicio— que esta ausencia de un determinado tipo de construcción no debe considerarse como un defecto. Realmente, cada episodio e incluso cada tipo constituye un espléndido aguafuerte lo suficientemente rico y expresivo para gozar de entidad propia, proporcionando así una auténtica sorpresa al lector. *El Buscón*, en este sentido, está más cerca de ciertas pinturas negras de Goya que de otra cosa, y se ofrece a la óptica contemporánea —una óptica habituada al estilo narrativo de la actual novelística latinoamericana— con una frescura y modernidad de la que no gozan el *Lazarillo* o el *Guzmán*. «Como se sabe —dice Ynduráin—, lo que caracteriza a las grandes obras artísticas es, precisamente, la transgresión de los modos y normas establecidos: Quevedo, en este caso, no insiste en los esquemas recibidos, los rompe para crear otro tipo de obra.»

En otras novelas picarescas —el *Lazarillo*, el *Guzmán*—, el proceso seguido por el protagonista es el hilo unificador que da coherencia al relato. Lo que sucede en la novela sucede tanto para el lector como para el protagonista. No ocurre esto en *El Buscón*. Para empezar, Quevedo adopta muchas veces el lugar de Pablos para hablar en nombre propio; la autobiografía se diluye entonces en una mera narración en primera persona gramatical. En segundo lugar, Pablos no es el punto de referencia respecto al cual alcancen significado los restantes elementos de la novela. Las situaciones no están siempre contempladas y descritas con unos mismos ojos y una misma letra; las consecuencias que se siguen de los traumas del protagonista o de otros pícaros no van moldeando la personalidad de Pablos haciéndole vivir una trayectoria que lo lleve a una situación final. Como señala Lázaro Carreter, «Pablos se sale continuamente del juego para observar, es una figura que pasa entre los demás urdiendo sin tejer; la fórmula no se separa mucho de la adoptada en la *Vida de la Corte*». Y no podría ser de otra manera, cabría añadir, porque, pese al distanciamiento que antes apuntaba entre un mundo nobiliario y un mundo de pícaros, en ambas áreas se producen unas mismas intrigas, una idéntica lucha por destacar y obtener renombre. La única diferencia, en este sentido, estriba en que lo que resulta natural entre cortesanos suscita la risa cuando es protagonizado por pícaros. Quevedo fustiga con la seriedad y la moralidad de un moralista a los cortesanos que se comportan como pícaros, pero crea efectos cómicos cuando describe a pícaros que tratan de convertirse en cortesanos.

Esa España agónica y cansada, de la vida lastimera e hiriente, que encontramos en la pintura del siglo XVII es la misma del Quevedo de *El Buscón*, de los *Sueños,* de las jácaras, los sonetos y los romances. «Amarga luz —como dice Alberti— fúnebre y divertido carnaval del descenso de un pueblo. Dolor y retortijones de hambre, bascas y morisquetas de la muerte, que los vivos y encandilados lentes de don Francisco van a aumentar, a encalabrinar hasta lo insoportable.»

A DON FRANCISCO DE QUEVEDO

LUCIANO, SU AMIGO

Don Francisco, en igual peso
veras y burlas tratáis;
acertado aconsejáis,
y a don Pablo hacéis travieso;
con la Tenaza, confieso
que será Buscón [1] de traza;
al llevarla no embaraza
para su conservación;
que será espurio Buscón
si anduviera sin Tenaza.

---

[1] *Buscón*: Dícese de la persona que hurta rateramente o estafa con engaños.

AL LECTOR

Qué deseoso te considero, lector u oidor —que los ciegos no pueden leer—, de registrar lo gracioso de don Pablos, príncipe de la vida buscona.

Aquí hallarás, en todo género de picardía —de que pienso que los más gustan—, sutilezas, engaños, invenciones y modos, nacidos del ocio, para vivir a la droga[2], y no poco fruto podrás sacar de él si tienes atención al escarmiento. Y, cuando no lo hagas, aprovéchate de los sermones, que dudo nadie compre libro de burlas para apartarse de los incentivos de su natural depravado. Sea empero que quieres; dale aplauso, que bien lo merece; y cuando te reías de sus chistes, alaba el ingenio de quien sabe conocer que tiene más deleite saber vidas de pícaros, descritas con gallardía, que otras invenciones de mayor ponderación.

Su autor ya le sabes; el precio del libro no lo ignoras, pues ya lo tienes en tu casa, si no es que en la del librero le hojeas, cosa pesada para él y que se había de quitar con mucho rigor, que hay gorrones de libros como de almuerzos, y hombre que saca cuento leyendo a pedazos y en diversas veces y luego le zurce: y es gran lástima que tal se haga, porque éste murmura sin costarle dinero, poltronería bastarda y miseria no hallada del Caballero de la Tenaza. Dios te guarde del mal libro, de alguaciles y de mujer rubia, pedigüeña y carirredonda.

---

[2] *Vivir a la droga*: Vivir vida llena de mentiras.

DEDICATORIA PRELIMINAR
DE LOS MANUSCRITOS DE CÓRDOBA
Y SANTANDER

Habiendo sabido el deseo que v. m. tiene de entender los varios discursos de mi vida, por no dar lugar a que otro (como en ajenos casos) mienta, he querido enviarle esta relación, que no le será pequeño alivio para los ratos tristes. Y porque pienso ser largo en contar cuán corto he sido de ventura, dejaré de serlo ahora.

EL BUSCÓN

LIBRO PRIMERO

CAPÍTULO I

En que cuenta quién es y de dónde

Yo, Señor, soy de Segovia. Mi padre se llamó Clemente Pablo, natural del mismo pueblo; Dios le tenga en el cielo. Fue, tal como todos dicen, de oficio barbero; aunque eran tan altos sus pensamientos, que se corría[3] de que le llamasen así, diciendo que él era tundidor de mejillas y sastre de barbas. Dicen que era de muy buena cepa, y, según él bebía, es cosa para creer.

Estuvo casado con Aldonza de San Pedro, hija de Diego de San Juan y nieta de Andrés de San Cristóbal. Sospechábase en el pueblo que no era cristiana vieja[4], aunque ella, por los nombres y sobrenombres de sus pasados, quiso esforzar que era descendiente de la letanía. Tuvo muy buen parecer, y fue tan celebrada que, en el tiempo que ella vivió, casi todos los copleros de España hacían cosas sobre ella.

Padeció grandes trabajos recién casada, y aún después, porque malas lenguas daban en decir que mi padre metía el

---

[3] *Se corría*: Se avergonzaba.
[4] *Cristiana vieja*: Descendiente de cristianos viejos, a diferencia de los cristianos nuevos o conversos, que descendían de judíos o moriscos.

dos de bastos para sacar el as de oros[5]. Probósele que, a todos los que hacía la barba a navaja, mientras les daba con agua, levantándoles la cara para el lavatorio, un mi hermanico de siete años les sacaba muy a su salvo los tuétanos de las faldriqueras. Murió el angelico de unos azotes que le dieron en la cárcel. Sintiólo mucho mi padre, por ser tal que robaba a todos las voluntades.

Por estas y otras niñerías, estuvo preso; aunque, según a mí me han dicho después, salió de la cárcel con tanta honra, que le acompañaron doscientos cardenales[6], sino que a ninguno llamaban «señoría». Las damas diz que salían por verle a las ventanas, que siempre pareció bien mi padre a pie y a caballo. No lo digo por vanagloria, que bien saben todos cuán ajeno soy della.

Mi madre, pues, no tuvo calamidades. Un día, alabándomela una vieja que me crió, decía que era tal su agrado, que hechizaba a cuantos la trataban. Sólo diz que se dijo no sé qué de un cabrón[7] y volar, lo cual la puso cerca de que la diesen plumas con que lo hiciese en público. Hubo fama que reedificaba doncellas, resucitaba cabellos encubriendo canas. Unos la llamaban zurzidora de gustos; otros, algebrista de voluntades desconcertadas, y por mal nombre alcagüeta. Para unos era tercera, primera para otros, y flux[8] para los dineros de todos. Ver, pues, con la cara de risa que ella oía esto de todos, era para dar mil gracias a Dios.

---

[5] *Meter el dos de bastos para sacar el dos de oros*: Meter dos dedos para sacar monedas.

[6] *Le acompañaron doscientos cardenales*: De otros tantos azotes que le dieron por sentencia. Los que recibían azotes por justicia eran paseados en asnos. El verdugo les golpeaba en la espalda desnuda mientras se pregonaba la causa de aquella condena.

[7] *Cabrón*: Era el símbolo del demonio.

[8] *Flux*: Término de juego, cuatro cartas del mismo palo con que se gana el juego. Figuradamente, consumir o acabar enteramente su caudal o el ajeno, quedándose sin pagar a nadie.

No me detendré en decir la penitencia que hacía. Tenía su aposento —donde sola ella entraba y algunas veces yo, que, como era chico, podía—, todo rodeado de calaveras que ella decía eran para memorias de la muerte, y otros, por vituperarla, que para voluntades de la vida. Su cama estaba armada sobre sogas de ahorcado [9], y decíame a mí: —«¿Qué piensas? Éstas tengo por reliquias, porque los más déstos se salvan.»

Hubo grandes diferencias entre mis padres sobre a quién había de imitar en el oficio, mas yo, que siempre tuve pensamientos de caballero desde chiquito, nunca me apliqué a uno ni a otro. Decíame mi padre: —«Hijo, esto de ser ladrón no es arte mecánica sino liberal.» Y de allí a un rato, habiendo suspirado, decía de manos [10]: —«Quien no hurta en el mundo, no vive. ¿Por qué piensas que los alguaciles y jueces nos aborrecen tanto? Unas veces nos destierran, otras nos azotan y otras nos cuelgan, aunque nunca haya llegado el día de nuestro santo. No lo puedo decir sin lágrimas» —lloraba como un niño el buen viejo, acordándose de las veces que le habían bataneado las costillas—; «porque no querrían que, adonde están, hubiese otros ladrones sino ellos y sus ministros. Mas de todo nos libró la buena astucia. En mi mocedad, siempre andaba por las iglesias, y no de puro buen cristiano. Muchas veces me hubieran llorado en el asno, si hubiera cantado en el potro. Nunca confesé sino cuando lo mandaba la Santa Madre Iglesia. Y así, con esto y mi oficio, he sustentado a tu madre lo más honradamente que he podido.»

—«¡Cómo a mí sustentado!» —dijo con grande cólera, que le pesaba que yo no me aplicase a brujo—; yo os he sustentado a vos, y sacádoos de las cárceles con industria, y mantenídoos en ellas con dinero. Si no confesábades, ¿era por vuestro ánimo o por las bebidas que yo os daba?

---

[9] *Sogas de ahorcado*: Eran, fundamentalmente, para el ejercicio de la brujería.
[10] *Decir de manos*: Juntando las manos, con humildad, pidiendo perdón.

¡Gracias a mis botes[11]! Y si no temiera que me habían de oír en la calle, yo dijera lo de cuando entré por la chimenea y os saqué por el tejado.»

Más dijera, según se había encolerizado, si con los golpes que daba no se le desensartara un rosario de muelas de difuntos que tenía. Metilos en paz, diciendo que yo quería aprender virtud resueltamente, y ir con mis buenos pensamientos adelante. Y así, que me pusiesen a la escuela, pues sin leer ni escribir no se podía hacer nada. Parecioles bien lo que yo decía, aunque lo gruñeron un rato entre los dos. Mi madre tornó a ocuparse en ensartar las muelas, y mi padre fue a rapar a uno —así lo dijo él— no sé si la barba o la bolsa. Yo me quedé solo, dando gracias a Dios porque me hizo hijo de padres tan hábiles y celosos de mi bien.

---

[11] *Botes*: De hechizos.

CAPÍTULO II

De cómo fui a la escuela y lo que en ella me sucedió

A otro día, ya estaba comprada cartilla y hablado el maestro. Fui, señor, a la escuela; recibiome muy alegre, diciendo que tenía cara de hombre agudo y de buen entendimiento. Yo, con esto, por no desmentirle, di muy bien la lición aquella mañana. Sentábame el maestro junto a sí, ganaba la palmatoria [12] los más días por venir antes, y íbame el postrero por hacer algunos recados de «señora», que así llamábamos a la mujer del maestro. Teníalos a todos con semejantes caricias obligados. Favorecíame demasiado, y con esto creció la envidia en los demás niños. Llegábame, de todos, a los hijos de caballeros y personas principales, y particularmente a un hijo de don Alonso Coronel de Zúñiga, con el cual juntaba meriendas. Íbame a su casa a jugar los días de fiesta, y acompañábale cada día. Los otros, o que porque no les hablaba o que porque les parecía demasiado punto [13] el mío, siempre andaban poniéndome nombres tocantes al oficio de mi padre. Unos me llamaban don Navaja, otros don Ventosa; cuál decía, por disculpar la envidia, que me quería mal porque mi madre le había chupado dos hermanitas pequeñas, de noche; otro

---

[12] *Ganar la palmatoria*: El muchacho que llegaba el primero a la escuela era premiado, concediéndosele el privilegio de aplicar los castigos impuestos por el maestro con la palmeta.

[13] *Punto*: Orgullo.

decía que a mi padre le habían llevado a su casa para que la limpiase de ratones, por llamarle gato [14]. Unos me decían «zape» cuando pasaba, y otros «miz». Cuál decía: —«Yo le tiré dos berenjenas a su madre cuando fue obispa» [15].

Al fin, con todo cuanto andaban royéndome los zancajos, nunca me faltaron, gloria a Dios. Y aunque yo me corría, disimulábalo. Todo lo sufría, hasta que un día un muchacho se atrevió a decirme a voces hijo de una puta y hechicera; lo cual, como me lo dijo tan claro —que aún si lo dijera turbio no me pesara— agarré una piedra y descalabrele. Fuime a mi madre corriendo que me escondiese, y contela el caso todo, a lo cual me dijo: —«Muy bien hiciste: bien muestras quién eres; sólo anduviste errado en no preguntarle quién se lo dijo.» Cuando yo oí esto, como siempre tuve altos pensamientos, volvime a ella y dije: —«Ah, madre, pésame sólo de que ha sido más misa que pendencia la mía.» Preguntome que por qué, y díjela que porque había tenido dos evangelios. Roguela que me declarase si le podía desmentir con verdad: o que me dijese si me había concebido a escote entre muchos, o si era hijo de mi padre. Riose y dijo: —«Ah, noramaza [16], ¿eso sabes decir? No serás bobo: gracia tienes. Muy bien hiciste en quebrarle la cabeza, que esas cosas, aunque sean verdad, no se han de decir.» Yo con esto, quedé como muerto, determinado de coger la que pudiese en breves días, y salirme de casa de mi padre: tanto pudo conmigo la vergüenza. Disimulé, fue mi padre, curó al muchacho, apaciguolo y volviome a la escuela, donde el maestro me recibió con ira, hasta que, oyendo la causa de la riña, se le aplacó el enojo, considerando la razón que había tenido.

---

[14] *Gato*: Ladrón.

[15] *Obispa*: Los condenados por la Inquisición eran llevados por las calles con una coraza, especie de cucurucho de forma más o menos semejante a una mitra. De aquí la frase «cuando fue obispa».

[16] *Noramaza*: Noramala; en mal hora.

En todo esto, siempre me visitaba aquel hijo de don Alonso Zúñiga, que se llamaba don Diego, porque me quería bien naturalmente, que yo trocaba con él los peones si eran mejores los míos, dábale de lo que almorzaba y no le pedía de lo que él comía, comprábale estampas, enseñábale a luchar, jugaba con él al toro, y entreteníale siempre. Así que, los más días, sus padres del caballerito, viendo cuánto le regocijaba mi compañía, rogaban a los míos que me dejasen con él a comer y cenar y aun a dormir los más días.

Sucedió, pues, uno de los primeros que hubo escuela por Navidad, que viniendo por la calle un hombre que se llamaba Poncio de Aguirre, el cual tenía fama de confeso [17], que el don Dieguito me dijo: —«Hola, llámale Poncio Pilato y echa a correr.» Yo, por dar gusto a mi amigo, llamele Poncio Pilato. Corriose tanto el hombre, que dio a correr tras mí con un cuchillo desnudo para matarme, de suerte que fue forzoso meterme huyendo en casa de mi maestro, dando gritos. Entró el hombre tras mí, y defendiome el maestro de que no me matase asegurándole de castigarme. Y así luego —aunque señora le rogó por mí, movida de lo que yo la servía, no aprovechó—, mandome desatacar [18], y azotándome, decía tras cada azote: —«¿Diréis más Poncio Pilato?» Yo respondía: —«No, señor»; y respondilo veinte veces, a otros tantos azotes que me dio. Quedé tan escarmentado de decir Poncio Pilato, y con tal miedo, que, mandándome el día siguiente decir, como solía, las oraciones a los otros legando al Credo —advierta v. m. la inocente malicia—, al tiempo de decir «padeció so el poder de Poncio Pilato», acordándome que no había de decir más Pilatos, dije «padeció so el poder de Poncio de Aguirre». Diole al maestro tanta risa de oír mi simplicidad y de ver el miedo que le había tenido, que me

---

[17] *Confeso*: Converso.
[18] *Desatacar*: Desatar o soltar los pantalones.

abrazó y dio una firma [19] en que me perdonaba los azotes las dos primeras veces que los mereciese. Con esto fui yo muy contento.

Llegó —por no enfadar— el tiempo de las Carnestolendas [20], y trazando el maestro de que holgasen sus muchachos, ordenó que hubiese rey de gallos [21]. Echamos suertes entre doce señalados por él, y cúpome a mí. Avisé a mis padres que me buscasen galas.

Llegó el día, y salí en un caballo ético [22] y mustio, el cual, más de manco que de bien criado, iba haciendo reverencias. Las ancas eran de mona, muy sin cola; el pescuezo, de camello y más largo; tuerto de un ojo y ciego del otro; en cuanto a edad, no le faltaba para cerrar [23] sino los ojos; al fin, él más parecía caballete de tejado que caballo, pues, a tener una guadaña, pareciera la muerte de los rocines. Demostraba abstinencia en su aspecto y echábansele de ver las penitencias y ayunos: sin duda ninguna, no había llegado a su noticia la cebada ni la paja. Lo que más le hacía digno de risa eran las muchas calvas que tenía en el pellejo, pues, a tener una cerradura, pareciera un cofre vivo.

Yendo, pues, en él, dando vuelcos a un lado y otro como fariseo en paso, y los demás niños todos aderezados tras mí —que, con suma majestad, iba a la jineta [24] sobre el dicho asadizo con pies—, pasamos por la plaza (aun de acordarme

---

[19] *Firma*: Un papel firmado que servía de garantía.

[20] *Carnestolendas*: Carnavales.

[21] *Rey de gallos*: Diversión escolar que se acostumbraba a celebrar en Carnaval. En ocasiones, se enterraba al gallo hasta el pescuezo y otras se colgaba de una cuerda. Los muchachos, con los ojos vendados, iban dando golpes con una espada, hasta cortarle la cabeza. El rey de gallos, muy bien engalanado, ejercía su mandato durante los tres días de Carnaval.

[22] *Ético*: Tísico.

[23] *Cerrar*: Se dice de las caballerizas; cuando se igualan o completan todos los dientes se dice que han cerrado.

[24] *A la jineta*: Manera de montar, con los estribos cortos y las piernas dobladas.

tengo miedo), y llegando cerca de las mesas de las verduras (Dios nos libre), agarró mi caballo un repollo a una, y ni fue visto ni oído cuando lo despachó a las tripas, a las cuales, como iba rodando por el gaznate, no llegó en mucho tiempo.

La bercera —que siempre son desvergonzadas— empezó a dar voces: llegáronse otras y, con ellas, pícaros, y alzando zanorias garrofales[25], nabos frisones, berenjenas y otras legumbres, empiezan a dar tras el pobre rey. Yo viendo que era batalla nabal y que no se había de hacer a caballo, comencé a apearme; mas tal golpe me le dieron al caballo en la cara, que, yendo a empinarse, cayó conmigo en una —hablando con perdón— privada[26]. Púseme cual v. m. puede imaginar. Ya mis muchachos se habían armado de piedras, y daban tras las revendederas, y descalabraron dos.

Yo, a todo esto, después que caí en la privada, era la persona más necesaria de la riña. Vino la justicia, comenzó a hacer información, prendió a berceras y muchachos, mirando a todos qué armas tenían y quitándoselas, porque habían sacado algunos dagas de las que traían por gala, y otros espadas pequeñas. Llegó a mí, viendo que no tenía ningunas, porque me las habían quitado y metídolas en una casa a secar con la capa y sombrero, pidiome como digo las armas, al cual respondí, todo sucio, que, si no eran ofensivas contra las narices, que yo no tenía otras. Y de paso quiero confesar a v. m. que, cuando me empezaron a tirar las berenjenas, nabos, etcétera, que, como yo llevaba plumas[27] en el sombrero, entendí que me habían tenido por mi madre y que la tiraban, como habían hecho otras veces; y así, como necio

---

[25] *Zanahorias garrofales*: Por su forma, como garrofas o algarrobas. *Nabos frisones*: Utilizado frisón aquí para referirse al gran tamaño de los nabos.

[26] *Privada*: Montón de estiércol y basura.

[27] *Plumas*: Le confundían con su madre, pues poner plumas era una de las penas a que estaban sometidos los condenados por brujería. Se les emplumaba, aludiendo a su facultad de volar, para afrentarlos.

y muchacho, empecé a decir: —«Hermanas, aunque llevo plumas, no soy Aldonza de San Pedro, mi madre», como si ellas no lo echaran de ver por el talle y rostro. El miedo me disculpa la ignorancia, y el sucederme la desgracia tan de repente.

Pero, volviendo al alguacil, quísome llevar a la cárcel, y no me llevó porque no hallaba por dónde asirme: tal me había puesto del lodo. Unos se fueron por una parte y otros por otra, y yo me vine a mi casa desde la plaza, martirizando cuantas narices topaba en el camino. Entré en ella, conté a mis padres el suceso, y corriéronse tanto de verme de la manera que venía, que me quisieron maltratar. Yo echaba la culpa a las dos leguas de rocín esprimido que me dieron. Procuraba satisfacerlos, y, viendo que no bastaba, salime de su casa y fuime a ver a mi amigo don Diego, al cual hallé en la suya descalabrado, y a sus padres resueltos por ello de no le inviar más a la escuela. Allí tuve nuevas de cómo mi rocín, viéndose en aprieto, se esforzó a tirar dos coces, y, de puro flaco, se le desgajaron las ancas, y se quedó en el lodo bien cerca de acabar.

Viéndome, pues, con una fiesta revuelta, un pueblo escandalizado, los padres corridos, mi amigo descalabrado y el caballo muerto, determineme de no volver más a la escuela ni a casa de mis padres, sino de quedarme a servir a don Diego o, por mejor decir, en su compañía, y esto con gran gusto de sus padres, por el que daba mi amistad al niño. Escribí a mi casa que yo no había menester más ir a la escuela porque, aunque no sabía bien escribir, para mi talento de ser caballero lo que se requería era escribir mal[28], y que así, desde luego, renunciaba la escuela por no darles gasto, y su casa para ahorrarlos de pesadumbre. Avisé de dónde y cómo quedaba, y que hasta que me diesen licencia no los vería.

---

[28] Se burla de la mala letra que con frecuencia tenían los aristócratas.

CAPÍTULO III

De cómo fui a un pupilaje, por criado
de don Diego Coronel

Determinó, pues, don Alonso de poner a su hijo en pupilaje, lo uno por apartarle de su regalo, y lo otro por ahorrar de cuidado. Supo que había en Segovia un licenciado Cabra, que tenía por oficio el criar hijos de caballeros, y envió allá el suyo, y a mí para que le acompañase y sirviese.

Entramos, primer domingo después de Cuaresma, en poder de la hambre viva, porque tal lacería no admite encarecimiento. Él era un clérigo cerbatana, largo [29] sólo en el talle, una cabeza pequeña, pelo bermejo [30] (no hay más que decir para quien sabe el refrán), los ojos avecindados en el cogote, que parecía que miraba por cuévanos [31], tan hundidos y escuros, que era buen sitio el suyo para tiendas de mercaderes; la nariz, entre Roma y Francia [32], porque se le había comido de unas búas de resfriado, que aun no fueron de vicio porque cuestan dinero; las barbas descoloridas de miedo de la boca vecina, que, de pura hambre, parecía que

---

[29] *Largo*: Usado en el doble sentido de «largo» y «liberal», generoso.

[30] *Pelo bermejo*: Pelo de mal agüero. Hay una constante interpretación casi supersticiosa contra las personas de pelo rubio o rojo, por creerse que Judas tuvo el pelo de tal color; de aquí la posterior referencia al refrán.

[31] *Cuévanos*: Cesto grande y hondo, que se utilizaba para la vendimia.

[32] *Entre Roma y Francia*: Tenía la nariz aplastada (roma) y desfigurada, como si hubiera padecido el mal francés, expresión que se utilizaba para referirse a la enfermedad venérea, la sífilis.

amenazaba a comérselas; los dientes, le faltaban no sé cuántos, y pienso que por holgazanes y vagabundos se los habían desterrado; el gaznate largo como de avestruz, con una nuez tan salida, que parecía se iba a buscar de comer forzada de la necesidad; los brazos secos, las manos como un manojo de sarmientos cada una. Mirado de medio abajo, parecía tenedor o compás, con dos piernas largas y flacas. Su andar muy espacioso; si se descomponía algo, le sonaban los güesos como tablillas de San Lázaro [33]. La habla ética; la barba grande, que nunca se la cortaba por no gastar, y él decía que era tanto el asco que le daba ver la mano del barbero por su cara, que antes se dejaría matar que tal permitiese; cortábale los cabellos un muchacho de nosotros. Traía un bonete los días de sol, ratonado con mil gateras y guarniciones de grasa; era de cosa que fue paño, con los fondos en caspa. La sotana, según decían algunos, era milagrosa, porque no se sabía de qué color era. Unos, viéndola tan sin pelo, la tenían por de cuero de rana; otros decían que era ilusión; desde cerca parecía negra, y desde lejos entre azul. Llevábala sin ceñidor; no traía cuello ni puños. Parecía, con los cabellos largos y la sotana mísera y corta, lacayuelo de la muerte. Cada zapato podía ser tumba de un filisteo [34]. Pues su aposento, aun arañas no había en él. Conjuraba los ratones de miedo que no le royesen algunos mendrugos que guardaba. La cama tenía en el suelo, y dormía siempre de un lado por no gastar las sábanas. Al fin, él era archipobre y protomiseria.

A poder déste, pues, vine, y en su poder estuve con don Diego, y la noche que llegamos nos señaló nuestro aposento

---

[33] *Tablillas de San Lázaro*: Son tres tablillas que se traen en la mano unidas por un cordel, por dos agujeros, y la de en medio tiene una manija por donde se agarra y menea, haciendo que suenen; se usaban para pedir limosna para los hospitales de San Lázaro y otros.
[34] *Filisteo*: Era frecuente llamar «filisteos» a las personas de elevada estatura. Aquí viene a referirse a un objeto grande.

y nos hizo una plática corta, que aun por no gastar tiempo no duró más; díjonos lo que habíamos de hacer. Estuvimos ocupados en esto hasta la hora de comer. Fuimos allá. Comían los amos primero, y servíamos los criados.

El refitorio[35] era un aposento como un medio celemín. Sentábanse a una mesa hasta cinco caballeros. Yo miré lo primero por los gatos, y, como no los vi, pregunté que cómo no los había a un criado antiguo, el cual, de flaco, estaba ya con la marca del pupilaje. Comenzó a enternecerse, y dijo —«¿Cómo gatos? Pues, ¿quién os ha dicho a vos que los gatos son amigos de ayunos y penitencias? En lo gordo se os echa de ver que sois nuevo.»

Yo, con esto, me comencé a afligir; y más me asusté cuando advertí que todos los que vivían en el pupilaje de antes, estaban como leznas, con unas caras que parecía se afeitaban con diaquilón[36]. Sentose el licenciado Cabra y echó la bendición. Comieron una comida eterna, sin principio ni fin. Trajeron caldo en unas escudillas de madera, tan claro, que en comer una dellas peligrara Narciso[37] más que en la fuente. Noté con la ansia que los macilentos dedos se echaban a nado tras un garbanzo güérfano y solo que estaba en el suelo[38]. Decía Cabra a cada sorbo: —«Cierto que no hay tal cosa como la olla, digan lo que dijeren; todo lo demás es vicio y gula.»

Acabando de decirlo, echóse su escudilla a pechos, diciendo: —«Todo esto es salud, y otro tanto ingenio.» ¡Mal

---

[35] *Refitorio*: Refectorio, habitación destinada, en comunidades y colegios, para juntarse a comer.

[36] *Se afeitaban con diaquilón*: Afeitar significa aquí ponerse afeites o cosméticos. «Diaquilón» es un ungüento compuesto de zumos de varias plantas que se usaba para reducir tumores e inflamaciones, por sus propiedades desecativas.

[37] *Narciso*: Personaje mitológico que se enamoró de sí mismo al contemplarse reflejado en la fuente.

[38] *Suelo*: Fondo de la escudilla.

ingenio te acabe!, decía yo entre mí, cuando vi un mozo medio espíritu y tan flaco, con un plato de carne en las manos, que parecía que la había quitado de sí mismo. Venía un nabo aventurero a vueltas, y dijo el maestro en viéndole: —«¿Nabo hay? No hay perdiz para mí que se le iguale. Coman, que me huelgo[39] de verlos comer.»

Repartió a cada uno tan poco carnero, que, entre lo que se les pegó a las uñas y se les quedó entre los dientes, pienso que se consumió todo, dejando descomulgadas las tripas de participantes[40]. Cabra los miraba y decía: —«Coman, que mozos son y me huelgo de ver sus buenas ganas.» ¡Mire v. m. qué aliño para los que bostezaban de hambre!

Acabaron de comer y quedaron unos mendrugos en la mesa y, en el plato, dos pellejos y unos güesos; y dijo el pupilero: —«Quede esto para los criados, que también han de comer; no lo queramos todo.» ¡Mal te haga Dios y lo que has comido, lacerado —decía yo—, que tal amenaza has hecho a mis tripas! Echó la bendición, y dijo: —«Ea, demos lugar a los criados, y váyanse hasta las dos a hacer ejercicio, no les haga mal lo que han comido.» Entonces yo no pude tener la risa, abriendo toda la boca. Enojose mucho, y díjome que aprendiese modestia, y tres o cuatro sentencias viejas, y fuese.

Sentámonos nosotros, y yo, que vi el negocio malparado y que mis tripas pedían justicia, como más sano y más fuerte que los otros, arremetí al plato, como arremetieron todos, y emboquéme de tres mendrugos los dos, y el un pellejo. Comenzaron los otros a gruñir; al ruido entró Cabra, diciendo: —«Coman como hermanos, pues Dios les da con

---

[39] *Holgarse*: Divertirse.
[40] Incurrían en *Descomunión de participantes*: Las personas que trataban con un excomulgado. El chiste de Quevedo se refiere a que las tripas, por estar en comunicación con la boca, quedaban excomulgadas de participantes, pues en este caso la carne se quedó entre los dientes.

qué. No riñan, que para todos hay.» Volviose al sol y dejonos solos.

Certifico a v. m. que vi a uno dellos, al más flaco, que se llamaba Jurre, vizcaíno, tan olvidado ya de cómo y por dónde se comía, que una cortecilla que le cupo la llevó dos veces a los ojos, y entre tres no le acertaban a encaminar las manos a la boca. Pedí yo de beber, que los otros, por estar casi en ayunas, no lo hacían, y diéronme un vaso con agua; y no le hube bien llegado a la boca, cuando, como si fuera lavatorio de comunión, me lo quitó el mozo espiritado que dije. Levanteme con grande dolor de mi alma, viendo que estaba en casa donde se brindaba a las tripas y no hacían la razón [41]. Diome gana de descomer aunque no había comido, digo, de proveerme [42], y pregunté por las necesarias a un antiguo, y díjome: —«Como no lo son en esta casa, no las hay. Para una vez que os proveeréis mientras aquí estuviéredes, dondequiera podréis; que aquí estoy dos meses ha, y no he hecho tal cosa sino el día que entré, como agora vos, de lo que cené en mi casa la noche antes.» ¿Cómo encareceré yo mi tristeza y pena? Fue tanta, que, considerando lo poco que había de entrar en mi cuerpo, no osé, aunque tenía gana, echar nada dél.

Entretuvímonos hasta la noche. Decíame don Diego que qué haría él para persuadir a las tripas que habían comido, porque no le querían creer. Andaban váguidos [43] en aquella casa como en otras ahítos. Llegó la hora de cenar (pasose la merienda en blanco); cenamos mucho menos, y no carnero,

---

[41] *Se brindaba a las tripas y no hacían la razón*: Se brindaba a la salud de las tripas y ellas no correspondían al brindis; no se daban por enteradas al no llegarles la bebida. *Hacer la razón* significa corresponder a un brindis con otro.

[42] *Proveerme*: Es una palabra que los estudiantes tomarían del lenguaje de los conventos: proveerse uno de sus necesidades.

[43] *Váguidos*: Vahídos, desvanecimientos.

sino un poco del nombre del maestro: cabra asada. Mire v. m. si inventara el diablo tal cosa. —«Es cosa saludable» —decía— «cenar poco, para tener el estómago desocupado»; y citaba una retahíla de médicos infernales. Decía alabanzas de la dieta, y que se ahorraba un hombre de sueños pesados, sabiendo que, en su casa, no se podía soñar otra cosa sino que comían. Cenaron y cenamos todos, y no cenó ninguno.

Fuímonos a acostar, y en toda la noche pudimos yo ni don Diego dormir, él trazando de quejarse a su padre y pedir que le sacase de allí, y yo aconsejándole que lo hiciese; aunque últimamente le dije: —«Señor, ¿sabéis de cierto si estamos vivos? Porque yo imagino que, en la pendencia de las berceras, nos mataron, y que somos ánimas que estamos en el Purgatorio. Y así, es por demás decir que nos saque vuestro padre, si alguno no nos reza en alguna cuenta de perdones y nos saca de penas con alguna misa en altar privilegiado.»

Entre estas pláticas, y un poco que dormimos, se llegó la hora de levantar. Dieron las seis, y llamó Cabra a lición; fuimos y oímosla todos. Ya mis espaldas y ijadas nadaban en el jubón, y las piernas daban lugar a otras siete calzas; los dientes sacaba con tobas[44], amarillos, vestidos de desesperación. Mandáronme leer el primer nominativo a los otros, y era de manera mi hambre, que me desayuné con la mitad de las razones, comiéndomelas. Y todo esto creerá quien supiere lo que me contó el mozo de Cabra, diciendo que él había visto meter en casa, recién venido, los frisones[45] y que, a dos días, salieron caballos ligeros que volaban por los aires; y que vio meter mastines pesados y, a tres horas, salir galgos corredores; y que, una Cuaresma, topó muchos hombres, unos metiendo los pies, otros las manos y otros todo el cuerpo, en

---

[44] *Tobas*: Sarro, suciedad de los dientes. El amarillo simboliza la desesperación.

[45] *Frisones*: Caballos de Frisia, muy corpulentos.

el portal de su casa, y esto por muy gran rato, y mucha gente que venía a sólo aquello de fuera; y preguntando a uno un día que qué sería —porque Cabra se enojó de que se lo preguntase— respondió que los unos tenían sarna y los otros sabañones, y que, en metiéndolos en aquella casa, morían de hambre, de manera que no comían [46] desde allí adelante. Certificome que era verdad, y yo, que conocí la casa, lo creo. Dígolo porque no parezca encarecimiento lo que dije.

Y volviendo a la lición, diola y decorámosla [47]. Y prosiguió siempre en aquel modo de vivir que he contado. Sólo añadió a la comida tocino en la olla, por no sé qué que le dijeron, un día, de hidalguía [48], allá fuera. Y así, tenía una caja de yerro, toda agujereada como salvadera [49], abríala, y metía un pedazo de tocino en ella, que la llenase, y tornábala a cerrar, y metíala colgando de un cordel en la olla, para que la diese algún zumo por los agujeros, y quedase para otro día el tocino. Pareciole después que, en esto, se gastaba mucho, y dio en sólo asomar el tocino a la olla.

Pasábamoslo con estas cosas como se puede imaginar. Don Diego y yo nos vimos tan al cabo, que, ya que para comer, al cabo de un mes, no hallábamos remedio, le buscamos para no levantarnos de mañana; y así, trazamos de decir que teníamos algún mal. No osamos decir calentura porque, no la teniendo, era fácil de conocer el enredo. Dolor de cabeza o muelas era poco estorbo. Dijimos, al fin, que nos dolían las tripas, y que estábamos muy malos de achaque de no haber hecho a nuestras personas en tres días, fiados en

---

[46] *No comían*: No causaban comezón, no picaban.

[47] *Decorámosla*: Aprendimos de coro o de memoria.

[48] *De hidalguía*: Alusión al linaje judaico, que tenía vedado el acceso a la hidalguía por las averiguaciones previas de limpieza de sangre. Los judíos se abstenían de la carne de cerdo. Para que no le tomasen por judío converso metía tocino en la olla.

[49] *Salvadera*: Vaso cerrado y con agujeros en que se tenía la arenilla para secar lo escrito recientemente.

que, a trueque de no gastar dos cuartos en una melecina, no buscaría el remedio. Mas ordenolo el diablo de otra suerte, porque tenía una que había heredado de su padre, que fue boticario. Supo el mal, tomola y aderezó una melecina, y haciendo llamar una vieja de setenta años, tía suya, que le servía de enfermera, dijo que nos echase sendas gaitas [50].

Empezaron por don Diego; el desventurado atajose [51]. y la vieja, en vez de echársela dentro, disparósela por entre la camisa y el espinazo, y diole con ella en el cogote, y vino a servir por defuera de guarnición la que dentro había de ser aforro. Quedó el mozo dando gritos; vino Cabra y, viéndolo, dijo que me echasen a mí a la otra, que luego tornarían a don Diego. Yo me resistía, pero no me valió, porque, teniéndome Cabra y otros, me la echó la vieja, a la cual, de retorno, di con ella en toda la cara. Enojose Cabra conmigo, y dijo que él me echaría de su casa, que bien se echaba de ver que era bellaquería todo. Yo rogaba a Dios que se enojase tanto que me despidiese, mas no lo quiso mi ventura.

Quejábamos nosotros a don Alonso, y el Cabra le hacía creer que lo hacíamos por no asistir al estudio. Con esto, no nos valían plegarias. Metió en casa la vieja por ama, para que guisase de comer y sirviese a los pupilos, y despidió al criado porque le halló, un viernes a la mañana, con unas migajas de pan en la ropilla. Lo que pasamos con la vieja, Dios lo sabe. Era tan sorda, que no oía nada; entendía por señas; ciega, y tan gran rezadora que un día se le desensartó el rosario sobre la olla y nos la trujo con el caldo más devoto que he comido. Unos decían: —«¡Garbanzos negros! Sin duda son de Etiopía.» Otros decían: —«¡Garbanzos con luto! ¿Quién se les habrá muerto?» Mi amo fue el primero que se encajó una cuenta, y al mascarla se quebró un diente. Los viernes solía

---

[50] *Gaitas*: Lavativas.
[51] *Atajarse*: Cortarse o correrse de vergüenza, respeto, miedo o perplejidad.

enviar unos güevos, con tantas barbas a fuerza de pelos y canas suyas, que pudieran pretender corregimiento o abogacía[52]. Pues meter el badil por el cucharón, y enviar una escudilla de caldo empedrada, era ordinario. Mil veces topé yo sabandijas, palos y estopa de la que hilaba, en la olla, y todo lo metía para que hiciese presencia en las tripas y abultase.

Pasamos en este trabajo hasta la Cuaresma. Vino, y a la entrada della estuvo malo un compañero. Cabra, por no gastar, detuvo el llamar médico hasta que ya él pedía confesión más que otra cosa. Llamó entonces un platicante, el cual le tomó el pulso y dijo que la hambre le había ganado por la mano en matar aquel hombre[53]. Diéronle el Sacramento, y el pobre, cuando le vio —que había un día que no hablaba—, dijo: —«Señor mío Jesucristo, necesario ha sido el veros entrar en esta casa para persuadirme que no es el infierno.» Imprimiéronseme estas razones en el corazón. Murió el pobre mozo, enterrámosle muy pobremente por ser forastero, y quedamos todos asombrados. Divulgose por el pueblo el caso atroz, llegó a oídos de don Alonso Coronel y, como no tenía otro hijo, desengañose de los embustes de Cabra, y comenzó a dar más crédito a las razones de dos sombras, que ya estábamos reducidos a tan miserable estado. Vino a sacarnos del pupilaje y, teniéndonos delante, nos preguntaba por nosotros; y tales nos vio, que, sin aguardar a más, tratando muy mal de palabra al licenciado Vigilia, nos mandó llevar en dos sillas a casa. Despedímonos de los compañeros, que nos seguían con los deseos y con los ojos, haciendo las lástimas que hace el que queda en Argel, viendo venir rescatados por la Trinidad[54] sus compañeros.

---

[52] *Podían pretender corregimiento o abogacía*: Los letrados de la época aparecen siempre caracterizados con espesas y largas barbas.

[53] Quevedo satiriza con frecuencia a los médicos.

[54] *Rescatados por la Trinidad*: Se refiere a los Trinitarios, una orden de frailes dedicada al rescate de cautivos.

CAPÍTULO IV

De la convalecencia y ida a estudiar a Alcalá de Henares

Entramos en casa de don Alonso, y echáronnos en dos camas con mucho tiento, porque no se nos desparramasen los huesos de puro roídos de la hambre. Trujeron esploradores que nos buscasen los ojos por toda la cara, y a mí, como había sido mi trabajo mayor y la hambre imperial[55], que al fin me trataban como a criado, en buen rato no me los hallaron. Trajeron médicos y mandaron que nos limpiasen con zorras el polvo de las bocas, como a retablos, y bien lo éramos de duelos[56]. Ordenaron que nos diesen sustancias y pistos[57]. ¿Quién podrá contar, a la primera almendrada[58] y a la primera ave, las luminarias que pusieron las tripas de contento? Todo les hacía novedad. Mandaron los doctores que por nueve días, no hablase nadie recio en nuestro aposento porque, como estaban güecos los estómagos, sonaba en ellos el eco de cualquiera palabra.

---

[55] *Hambre imperial*: Se toma muchas veces por especial y grande en su línea.

[56] *Retablo de duelos*: Al que tiene muchos trabajos suelen decir que es un retablo de duelos.

[57] *Pisto*: La sustancia que se saca del ave, habiéndola primero machacado y puesto en la prensa, y el jugo que de allí sale, volviéndolo a calentar, se da al enfermo, que no puede comer cosa que haya de mascar.

[58] *Almendrada*: Es una bebida que se hace con el jugo o leche de las almendras.

Con estas y otras prevenciones, comenzamos a volver a cobrar algún aliento, pero nunca podían las quijadas desdoblarse, que estaban magras y alforzadas[59]; y así, se dio orden que cada día nos las ahormasen con la mano del almirez.

Levantámonos a hacer pinicos[60] dentro de cuarenta días, y aún parecíamos sombras de otros hombres y, en lo amarillo y flaco, simiente de los Padres del yermo. Todo el día gastábamos en dar gracias a Dios por habernos rescatado de la captividad del fierísimo Cabra, y rogábamos al Señor que ningún cristiano cayese en sus manos crueles. Si acaso, comiendo, alguna vez, nos acordábamos de las mesas del mal pupilero, se nos aumentaba la hambre tanto, que acrecentábamos la costa aquel día. Solíamos contar a don Alonso cómo, al sentarse a la mesa, nos decía males de la gula, no habiéndola él conocido en su vida. Y reíase mucho cuando le contábamos que, en el mandamiento de *No matarás*, metía perdices y capones, gallinas y todas las cosas que no quería darnos, y, por el consiguiente, la hambre, pues parecía que tenía por pecado el matarla, y aun el herirla, según regateaba el comer.

Pasáronsenos tres meses en esto, y, al cabo, trató don Alonso de inviar a su hijo a Alcalá, a estudiar lo que le faltaba de la Gramática. Díjome a mí si quería ir, y yo, que no deseaba otra cosa sino salir de tierra donde se oyese el nombre de aquel malvado perseguidor de estómagos, ofrecí de servir a su hijo como vería. Y, con esto, diole un criado para mayordomo, que le gobernase la casa y tuviese cuenta del dinero del gasto, que nos daba remitido en cédulas para un hombre que se llamaba Julián Merluza. Pusimos el hato en el carro de un Diego Monje, era una media camita, y otra de

---

[59] *Alforzadas*: De alforzar, y éste, de «alforza»: pliegue o doblez horizontal que se hace alrededor y por la parte inferior de las faldas, sayas y otras ropas, como adorno o para acortarlas y poder alargarlas cuando sea necesario.
[60] *Pinicos*: Pinitos, primeros pasos que da el niño o el convaleciente.

cordeles con ruedas (para meterla debajo de la otra mía y del mayordomo, que se llamaba Baranda), cinco colchones, ocho sábanas, ocho almohadas, cuatro tapices, un cofre con ropa blanca, y las demás zarandajas de asa. Nosotros nos metimos en un coche, salimos a la tardecica, una hora antes de anochecer, y llegamos a la media noche, poco más a la siempre maldita venta de Viveros [61].

El ventero era morisco y ladrón, que en mi vida vi perro y gato [62] juntos con la paz que aquel día. Hízonos gran fiesta, y, como él y los ministros del carretero iban horros [63] —que ya había llegado también con el hato antes, porque nosotros veníamos de espacio—, pegose al coche, diome a mí la mano para salir del estribo, y díjome si iba a estudiar. Yo le respondía que sí. Metiome adentro, y estaban dos rufianes con unas mujercillas, un cura rezando al olor, un viejo mercader y avariento, procurando olvidarse de cenar, y dos estudiantes fregones, de los de mantellina [64], buscando trazas para engullir. Mi amo, pues, como más nuevo en la venta y muchacho, dijo: —«Señor huésped, deme lo que hubiere para mí y mis criados.» —«Todos lo somos de v. m.» —dijeron al punto los rufianes—, «y le hemos de servir. Hola, huésped, mirad que este caballero os agradecerá lo que hiciéredes. Vaciad la dispensa.» Y, diciendo esto, llegose el uno y quitole la capa, y dijo: —«Descanse v. m., mi señor»; y púsola en un poyo.

---

[61] *Venta de Viveros*: Estaba entre Madrid y Alcalá. La sátira contra ventas y venteros es frecuente en Quevedo. Esta venta era muy frecuentada por estudiantes.

[62] *Perro y gato*: Nombres con que se designaba en la época a moriscos y ladrones, respectivamente.

[63] *Horro*: Se refiere a que el ventero estaba de acuerdo e iba a la parte con los del carro que habían llegado antes que los viajeros.

[64] *Mantellina*: El manteo o capa larga de los escolares cuando no era todo lo larga que debiera. Alude el texto a los escolares pobres.

Estaba yo con esto desvanecido y hecho dueño de la venta. Dijo una de las ninfas: —«¡Qué buen talle de caballero! ¿Y va a estudiar? ¿Es v. m. su criado?» Yo respondí, creyendo que era así como lo decían, que yo y el otro lo éramos. Preguntáronme su nombre, y no bien lo dije, cuando el uno de los estudiantes se llegó a él medio llorando, y, dándole un abrazo apretadísimo, dijo: —«Oh, mi señor don Diego, ¿quién me dijera a mí, agora diez años, que había de ver yo a v. m. desta manera? ¡Desdichado de mí, que estoy tal que no me conocerá v. m.!» Él se quedó admirado, y yo también, que juramos entrambos no haberle visto en nuestra vida. El otro compañero andaba mirando a don Diego a la cara, y dijo a su amigo: —«¿Es este señor de cuyo padre me dijistes vos tantas cosas? ¡Gran dicha ha sido nuestra conocelle según está de grande! Dios le guarde»; y empezó a santiguarse. ¿Quién no creyera que se habían criado con nosotros? Don Diego se le ofreció mucho, y, preguntándole su nombre, salió el ventero y puso los manteles, y, oliendo la estafa, dijo: —«Dejen eso, que después de cenar se hablará, que se enfría.»

Llegó un rufián y puso asientos para todos y una silla para don Diego, y el otro trujo un plato. Los estudiantes dijeron: —«Cene v. m., que, entre tanto que a nosotros nos aderezan lo que hubiere, le serviremos a la mesa.» —«¡Jesús!» —dijo don Diego—; «vs. ms. se sienten, si son servidos.» Y a esto respondieron los rufianes —no hablando con ellos—: «Luego, mi señor, que aún no está todo a punto.»

Yo cuando vi a los unos convidados y a los otros que se convidaban, afligime, y temí lo que sucedió. Porque los estudiantes tomaron la ensalada que era un razonable plato, y, mirando a mi amo, dijeron: —«No es razón que, donde está un caballero tan principal, se queden estas damas sin comer. Mande v. m. que alcancen un bocado.» Él, haciendo del galán, convidolas. Sentáronse, y, entre los estudiantes y ellas no dejaron sino un cogollo, en cuatro bocados, el cual se comió don Diego. Y, al dársele, aquel maldito estudiante le dijo: —«Un agüelo tuvo v. m., tío de mi padre, que en viendo lechugas se desmayaba; ¡qué hombre era tan cabal!» Y, diciendo esto, sepultó un panecillo, y el otro, otro. ¿Pues las ninfas? Ya daban cuenta de un pan, y el que más comía era el cura, con el mirar sólo. Sentáronse los rufianes con medio cabrito asado y dos lonjas de tocino y un par de palomas cocidas, y dijeron: —«Pues padre, ¿ahí se está? Llegue y alcance, que mi señor don Diego nos hace merced a todos.» No bien se lo dijeron, cuando se sentó.

Ya, cuando vio mi amo que todos se le habían encajado, comenzose a afligir. Repartiéronlo todo, y a don Diego dieron no sé qué huesos y alones; lo demás se engulleron el cura y otros.

Decían y replicaba el maldito estudiante: —«Y más, que es menester hacerse a comer poco para la vida de Alcalá.» Yo y el otro criado estábamos rogando a Dios que les pusiese en corazón que dejasen algo. Y ya que lo hubieron comido todo, y que el cura repasaba los huesos de los otros, volvió un rufián y dijo: —«Oh, pecador de mí, no habemos dejado nada a los criados. Vengan aquí vs. ms. Ah, señor huésped, déles todo lo que hubiere; vea aquí un doblón.» Tan presto saltó el descomulgado pariente de mi amo —digo el escolar— y dijo: —«Aunque v. m. me perdone, señor hidalgo, debe de saber poco de cortesía. ¿Conoce, por dicha, a mi señor primo? Él dará a sus criados, y aun a los nuestros si los tuviéramos, como nos ha dado a nosotros.» Y volviéndose a don Diego, que estaba pasmado, dijo: —«No se enoje v. m., que no le conocían.» Maldiciones le eché cuando vi tan gran disimulación, que no pensé acabar.

Levantaron las mesas, y todos dijeron a don Diego que se acostase. Él quería pagar la cena, y replicáronle que no lo hiciese, que a la mañana habría lugar. Estuviéronse un rato parlando, preguntole su nombre al estudiante, y él dijo que se llamaba tal Coronel. (En malos infiernos arda, dondequiera que esté.) Vio el avariento que dormía, y dijo: —«¿V. m. quiere reír? Pues hagamos alguna burla a este mal viejo, que no ha comido sino un pero en todo el camino, y es riquísimo.» Los rufianes dijeron: —«Bien haya el licenciado; hágalo, que es razón.» Con esto, se llegó y sacó al pobre viejo, que dormía, de debajo de los pies unas alforjas, y, desenvolviéndolas, halló una caja, y, como si fuera de guerra[65], hizo gente. Llegáronse todos, y abriéndola, vio ser de alcorzas[66]. Sacó todas cuantas había y, en su lugar, puso piedras, palos y lo que halló; luego se proveyó sobre lo dicho, y encima de la suciedad puso hasta una docena de yesones. Cerró la caja y dijo: —«Pues aún no basta, que bota tiene el viejo.» Sacola el vino y, desenfundando una almohada de nuestro coche, después de haber echado un poco de vino debajo, se la llenó de lana y estopa, y la cerró. Con esto, se fueron todos a acostar para una hora que quedaba o media, y el estudiante lo puso todo en las alforjas, y en la capilla del gabán echó una gran piedra, y fuese a dormir.

Llegó la hora del caminar; despertaron todos, y el viejo todavía dormía. Llamáronle, y, al levantarse, no podía levantar la capilla del gabán. Miró lo que era, y el mesonero adrede le riñó, diciendo: —«Cuerpo de Dios, ¿no halló otra cosa que llevarse, padre, sino esa piedra? ¿Qué les parece a vs. ms., si yo no lo hubiera visto? Cosa es que estimo en más de cien ducados, porque es contra el dolor de estómago.» Juraba y perjuraba, diciendo que no había metido él tal en la capilla.

---

[65] *Caja de guerra*: Tambor.
[66] *Alcorzas*: Dulces de pasta muy blanca de azúcar y almidón, con la cual se suelen cubrir varios géneros de dulces y se hacen diversas piezas o figurillas.

Los rufianes hicieron la cuenta, y vino a montar sesenta reales, que no entendiera Juan de Leganés[67] la suma. Decían los estudiantes: —«Como hemos de servir a v. m. en Alcalá, quedamos ajustados en el gasto.»

Almorzamos un bocado, y el viejo tomó sus alforjas y, porque no viésemos lo que sacaba y no partir con nadie, desatólas a escuras debajo del gabán; y agarrando un yesón untado, echósele en la boca y fuele a hincar una muela y medio diente que tenía, y por poco los perdiera. Comenzó a escupir y hacer gestos de asco y de dolor; llegamos todos a él, y el cura el primero, diciéndole que qué tenía. Empezose a ofrecer a Satanás; dejó caer las alforjas; llegose a él el estudiante, y dijo: —«Arriedro vayas, Satán, cata la cruz»; otro abrió un breviario; haciéndole creer que estaba endemoniado, hasta que él mismo dijo lo que era, y pidió que le dejasen enjaguar la boca con un poco de vino, que él traía bota. Dejáronle y, sacándola, abriola; y echando en un vaso un poco de vino, salió con la lana y estopa un vino salvaje, tan bardado y velloso, que no se podía beber ni colar. Entonces acabó de perder la paciencia el viejo, pero, viendo las descompuestas carcajadas de risa, tuvo por bien el callar y subir en el carro con los rufianes y las mujeres. Los estudiantes y el cura se ensartaron en un borrico, y nosotros nos subimos en el coche; y no bien comenzó a caminar, cuando unos y otros nos comenzaron a dar vaya[68], declarando la burla. El ventero decía: —«Señor nuevo, a pocas estrenas[69] como ésta, envejecerá.» El cura decía: —«Sacerdote soy; allá se lo dirán de misas.» Y el estudiante maldito vocaba: —«Señor primo, otra vez rásquese cuando le coman y no después.» El otro decía: —«Sarna de v. m., señor don

---

[67] *Juan de Leganés*: Era un famoso matemático.
[68] *Dar vaya*: Burlarse de alguien.
[69] *Estrenas*: Principio o primer acto con que se comienza a usar o hacer una cosa. En el texto se refiere a lo que pagan los novatos.

Diego.» Nosotros dimos en no hacer caso; Dios sabe cuán corridos íbamos.

Con estas y otras cosas, llegamos a la villa; apeámonos en un mesón, y en todo el día —que llegamos a las nueve— acabamos de contar la cena pasada, y nunca pudimos sacar en limpio el gasto.

CAPÍTULO V

De la entrada en Alcalá, patente
y burlas que me hicieron por nuevo

Antes que anocheciese, salimos del mesón a la casa que nos tenían alquilada, que estaba fuera la puerta de Santiago[70], patio de estudiantes[70 bis] donde hay muchos juntos, aunque ésta teníamos entre tres moradores diferentes no más.

Era el dueño y huésped de los que creen en Dios por cortesía o sobre falso; moriscos los llaman en el pueblo, que hay muy grande cosecha desta gente, y de la que tiene sobradas narices y sólo les faltan para oler tocino[71]; digo esto confesando la mucha nobleza que hay entre la gente principal, que cierto es mucha. Recibiome, pues, el huésped con peor cara que si yo fuera el Santísimo Sacramento. Ni sé si lo hizo porque le comenzásemos a tener respeto, o por ser natural suyo dellos, que no es mucho que tenga mala condición quien no tiene buena ley[72]. Pusimos nuestro hatillo, acomodamos las camas y lo demás, y dormimos aquella noche.

---

[70]   *Puerta de Santiago*: Hoy no existe.

[70 bis] *Patio de estudiantes*: Vivienda tomada en común por varios estudiantes.

[71]   *Sólo les faltan para oler tocino*: Nueva alusión a los judíos por su nariz y su abstención de la carne de cerdo.

[72]   *Buena ley*: Religión.

Amaneció, y helos aquí en camisa a todos los estudiantes de la posada a pedir la patente[73] a mi amo. Él, que no sabía lo que era, preguntóme que qué querían, y yo, entre tanto, por lo que podía suceder, me acomodé entre dos colchones y sólo tenía la media cabeza fuera, que parecía tortuga. Pidieron dos docenas de reales; diéronselos, y con tanto comenzaron una grita del diablo, diciendo: —«Viva el compañero, y sea admitido en nuestra amistad. Goce de las preeminencias de antiguo. Pueda tener sarna, andar manchado y padecer la hambre que todos.» Y con esto —¡mire v. m. qué privilegios!— volaron por la escalera, y al momento nos vestimos nosotros y tomamos el camino para escuelas.

A mi amo, apadrináronle unos colegiales conocidos de su padre y entró en su general[74], pero yo, que había de entrar en otro diferente y fui solo, comencé a temblar. Entré en el patio, y no hube metido bien el pie, cuando me encararon y empezaron a decir: —«¡Nuevo!» Yo, por disimular di en reír, como que no hacía caso; mas no bastó, porque, llegándose a mí ocho o nueve, comenzaron a reírse. Púseme colorado; nunca Dios lo permitiera, pues, al instante, se puso uno que estaba a mi lado las manos en las narices, y, apartándose, dijo: —«Por resucitar está este Lázaro, según huele.» Y con esto todos se apartaron tapándose las narices. Yo, que me pensé escapar, puse las manos también y dije: —«Vs. ms. tienen razón, que huele muy mal.» Dioles mucha risa y, apartándose, ya estaban juntos hasta ciento. Comenzaron a escarbar y tocar al arma, y en las toses y abrir y cerrar de las bocas, vi que se me aparejaban gargajos. En esto, un manchegazo acatarrado hízome alarde de uno terrible, diciendo:

---

[73] *Patente*: La contribución que hacen pagar, por estilo, los más antiguos, al que entra de nuevo en algún empleo o educación. Es como entre los estudiantes en las universidades.

[74] *General*: Se dice del aula en que se admite a todos los que quieren escuchar la lección.

—«Esto hago.» Yo entonces, que me vi perdido, dije: —«¡Juro a Dios que ma...!» Iba a decir *te*, pero fue tal la batería y lluvia que cayó sobre mí, que no pude acabar la razón. Yo estaba cubierto el rostro con la capa, y tan blanco, que todos tiraban a mí; y era de ver cómo tomaban la puntería.

Estaba ya nevado de pies a cabeza, pero un bellaco, viéndome cubierto y que no tenía en la cara cosa, arrancó hacia mí diciendo con gran cólera: —«¡Basta, no le matéis!»; que yo, según me trataban, creí dellos que lo harían. Destapeme por ver lo que era, y, al mismo tiempo, el que daba las voces me enclavó un gargajo en los dos ojos. Aquí se han de considerar mis angustias. Levantó la infernal gente una gritas que me aturdieron. Y yo, según lo que echaron sobre mí de sus estómagos, pensé que por ahorrar de médicos y boticas aguardan nuevos para purgarse.

Quisieron tras esto darme de pescozones, pero no había dónde sin llevarse en las manos la mitad del afeite de mi negra capa, ya blanca por mis pecados. Dejáronme, y iba hecho zufaina [75] de viejo a pura saliva. Fuime a casa, que apenas acerté, y fue ventura el ser de mañana, pues sólo topé dos o tres muchachos, que debían de ser bien inclinados, porque no me tiraron más de cuatro o seis trapajos, y luego me dejaron.

Entré en casa, y el morisco que me vio, comenzose a reír y a hacer como que quería escupirme. Yo, que temí que lo hiciese, dije: —«Tened, huésped, que no soy *Ecce Homo*.» Nunca lo dijera, porque me dio dos libras de porrazos, dándome sobre los hombros con las pesas que tenía. Con esta ayuda de costa [76], medio derrengado, subí arriba; y en buscar por dónde asir la sotana y el manteo para quitármelos, se

---

[75] *Zufaina*: Jofaina.
[76] *Ayuda de costa*: Lo que se da fuera del salario.

pasó mucho rato. Al fin, le quité y me eché en la cama, y colguelo en una azutea.

Vino mi amo y, como me halló durmiendo y no sabía la asquerosa aventura, enojose y comenzó a darme repelones, con tanta priesa, que, a dos más, despierto calvo.

Levanteme dando voces y quejándome, y él, con más cólera, dijo: —«¿Es buen modo de servir ése, Pablos? Ya es otra vida.» Yo, cuando oí decir «otra vida», entendí que era ya muerto, y dije: —«Bien me anima v. m. en mis trabajos. Vea cuál está aquella sotana y manteo, que ha servido de pañizuelo a las mayores narices que se han visto jamás en paso, y mire estas costillas.» Y con esto, empecé a llorar. Él, viendo mi llanto, creyolo, y, buscando la sotana y viéndola, compadeciose de mí, y dijo: —«Pablo, abre el ojo que asan carne. Mira por ti, que aquí no tienes otro padre ni madre.» Contele todo lo que había pasado, y mandome desnudar y llevar a mi aposento, que era donde dormían cuatro criados de los huéspedes de la casa.

Acosteme y dormí; y con esto, a la noche, después de haber comido y cenado bien, me hallé fuerte y ya como si no hubiera pasado nada por mí. Pero, cuando comienzan desgracias en uno, parece que nunca se han de acabar, que andan encadenadas, y unas traen a otras. Viniéronse a acostar los otros criados y, saludándome todos, me preguntaron si estaba malo y cómo estaba en la cama. Yo les conté el caso y, al punto, como si en ellos no hubiera mal ninguno, se empezaron a santiguar, diciendo: —«No se hiciera entre luteranos. ¿Hay tal maldad?» Otro decía: —«El retor tiene la culpa en no poner remedio. ¿Conocerá los que eran?» Yo respondí que no y agradeciles la merced que me mostraban hacer. Con esto, se acabaron de desnudar, acostáronse, mataron la luz, y dormime yo, que me parecía que estaba con mi padre y mis hermanos.

Debían de ser las doce, cuando el uno dellos me despertó a puros gritos, diciendo: —«¡Ay, que me matan! ¡Ladrones!» Sonaban en su cama, entre estas voces, unos golpazos de látigo. Yo levanté la cabeza y dije: —«¿Qué es eso?» Y apenas la descubrí cuando con una maroma me asentaron un azote con hijos [77] en todas las espaldas. Comencé a quejarme; quíseme levantar; quejábase el otro también, y dábanme a mí sólo. Yo comencé a decir: —«¡Justicia de Dios!» Pero menudeaban tanto los azotes sobre mí, que ya no me quedó —por haberme tirado las frazadas abajo— otro remedio sino el de meterme debajo de la cama. Hícelo así, y, al punto, los tres que dormían empezaron a dar gritos también. Y como sonaban los azotes, yo creí que alguno de fuera nos daba a todos.

Entre tanto, aquel maldito que estaba junto a mí se pasó a mi cama y proveyó en ella, y cubriola. Y, pasándose a la suya, cesaron los azotes, y levantáronse con grandes gritos todos cuatro, diciendo: —«¡Es gran bellaquería, y no ha de quedar así!» Yo todavía me estaba debajo de la cama, quejándome como perro cogido entre puertas, tan encogido que parecía galgo con calambre. Hicieron los otros que cerraban la puerta, y yo entonces salí de donde estaba, y subime a mi cama, preguntando si acaso les había hecho mal. Todos se quejaban de muerte.

Acosteme y cubrime y torné a dormir; y como, entre sueños, me revolcase, cuando desperté hallame sucio hasta las trencas [78]. Levantáronse todos, y yo tomé por achaque los azotes para no vestirme. No había diablos que me moviesen

---

[77] *Azote con hijos*: Con canelones, con los extremos de los ramales más gruesos y retorcidos.

[78] *Hasta las trencas*: Cuando uno se ha metido en algún lodazal hasta darle en los pechos, solemos decir que entró en él hasta las trencas. «Trencas» son las cañas con que se señala en las colmenas el lugar de donde no deben pasar los operarios al castrarlas.

de un lado. Estaba confuso, considerando si acaso, con el miedo y la turbación, sin sentirlo, había hecho aquella vileza, o si entre sueños. Al fin, yo me hallaba inocente y culpado, y no sabía cómo disculparme.

Los compañeros se llegaron a mí quejándose y muy disimulados, a preguntarme cómo estaba; yo les dije que muy malo, porque me habían dado muchos azotes. Preguntábales yo que qué podía haber sido, y ellos decían: —«A fe que no se escape, que el matemático nos lo dirá. Pero, dejando esto, veamos si estáis herido, que os quejábades mucho.» Y diciendo esto, fueron a levantar la ropa con deseo de afrentarme.

En esto, mi amo entró diciendo: —«¿Es posible, Pablos, que no he de poder contigo? Son las ocho, ¿y estaste en la cama? ¡Levántate enhoramala!» Los otros, por asegurarme, contaron a don Diego el caso todo, y pidiéronle que me dejase dormir. Y decía uno: —«Y si v. m. no lo cree, levantá amigo»; y agarraba de la ropa. Yo la tenía asida con los dientes por no mostrar la caca. Y cuando ellos vieron que no había remedio por aquel camino, dijo uno: —«¡Cuerpo de Dios, y cómo hiede!» Don Diego dijo lo mismo, porque era verdad, y luego, tras él, todos comenzaron a mirar si había en el aposento algún servicio. Decían que no se podía estar allí. Dijo uno: —«¡Pues es muy bueno esto para haber de estudiar!» Miraron las camas, y quitáronlas para ver debajo, y dijeron: —«Sin duda debajo de la de Pablos hay algo; pasémosle a una de las nuestras, y miremos debajo della.»

Yo que veía poco remedio en el negocio y que me iban a echar la garra, fingí que me había dado mal de corazón: agarréme a los palos, hice visajes... Ellos, que sabían el misterio, apretaron conmigo, diciendo: —«¡Gran lástima!» Don Diego me tomó el dedo del corazón y, al fin, entre los cinco me levantaron. Y al alzar las sábanas, fue tanta la risa de todos, viendo los recientes no ya palominos sino palomos grandes, que se hundía el aposento. —«¡Pobre dél!» —decían los bellacos (yo hacía del desmayado)—; «tírele v. m. mucho de ese dedo del corazón.» Y mi amo, entendiendo hacerme bien, tanto tiró que me le desconcertó.

Los otros trataron de darme un garrote [79] en los muslos, y decían: —«El pobrecito agora sin duda se ensució, cuando le dio el mal.» ¡Quién dirá lo que yo pasaba entre mí, lo uno con la vergüenza, descoyuntado un dedo, y a peligro de que me diesen garrote! Al fin, de miedo de que me le diesen —que ya me tenían los cordeles en los muslos— hice que había vuelto, y por presto que lo hice, como los bellacos iban con malicia, ya me habían hecho dos dedos de señal en cada pierna. Dejáronme diciendo: —«¡Jesús, y qué flaco sois!» Yo lloraba de enojo, y ellos decían adrede: —«Más va en vuestra salud que en haberos ensuciado. Callá.» Y con esto me pusieron en la cama, después de haberme lavado, y se fueron.

Yo no hacía a solas sino considerar cómo casi era peor lo que había pasado en Alcalá en un día, que todo lo que me sucedió con Cabra. A mediodía me vestí, limpié la sotana lo mejor que pude, lavándola como gualdrapa [80], y aguardé a mi amo que, en llegando, me preguntó cómo estaba. Comieron todos los de casa y yo, aunque poco y de mala gana. Y después, juntándonos todos a parlar en el corredor, los otros criados, después de darme vaya [81], declararon la burla. Riéronla todos, doblose mi afrenta, y dije entre mí: —«Avisón, Pablos, alerta.» Propuse de hacer nueva vida, y con esto, hechos amigos, vivimos de allí adelante todos los de la casa como hermanos, y en las escuelas y patios nadie me inquietó más.

----

[79] *Garrote*: Ligadura fuerte que se da en los brazos o muslos oprimiendo su carne.

[80] *Gualdrapa*: Cobertura larga de seda o lana que cubre y adorna las ancas de la mula o caballo.

[81] *Dar vaya*: Hacer burla.

CAPÍTULO VI

De las crueldades de la ama,
y travesuras que yo hice

«Haz como vieres», dice el refrán, y dice bien. De puro considerar en él, vine a resolverme de ser bellaco con los bellacos, y más, si pudiese, que todos. No sé si salí con ello, pero yo aseguro a v. m. que hice todas las diligencias posibles.

Lo primero, yo puse pena de la vida a todos los cochinos que se entrasen en casa, y a los pollos del ama que del corral pasasen a mi aposento. Sucedió que, un día, entraron dos puercos del mejor garbo que vi en mi vida. Yo estaba jugando con los otros criados, y oílos gruñir, y dije al uno: —«Vaya y vea quién gruñe en nuestra casa.» Fue, y dijo que dos marranos. Yo que lo oí, me enojé tanto que salí allá diciendo que era mucha bellaquería y atrevimiento venir a gruñir a casas ajenas. Y diciendo esto, envásole a cada uno a puerta cerrada la espada por los pechos, y luego los acogotamos. Porque no se oyese el ruido que hacían, todos a la par dábamos grandísimos gritos como que cantábamos, y así espiraron en nuestras manos.

Sacamos los vientres, recogimos la sangre, y a puros [82] jergones los medio chamuscamos en el corral, de suerte que, cuando vinieron los amos, ya estaba todo hecho aunque mal,

---

[82] *A puros*: A fuerza de.

71

si no eran los vientres, que aún no estaban acabadas de hacer las morcillas. Y no por falta de prisa, en verdad, que, por no detenernos, las habíamos dejado la mitad de lo que ellas se tenían dentro.

Supo, pues, don Diego y el mayordomo el caso, y enojáronse conmigo de manera que obligaron a los huéspedes —que de risa no se podían valer— a volver por mí. Preguntábame don Diego que qué había de decir si me acusaban y me prendía la justicia. A lo cual respondí yo que me llamaría a hambre[83], que es el sagrado de los estudiantes; y que, si no me valiese, diría que, como se entraron sin llamar a la puerta como en su casa, que entendí que eran nuestros. Riéronse todos de las disculpas. Dijo don Diego: —«A fe, Pablos, que os hacéis a las armas»[84]. Era de notar ver a mi amo tan quieto y religioso, y a mí tan travieso, que el uno exageraba al otro o la virtud o el vicio.

No cabía el ama de contento conmigo, porque éramos dos al mohíno[85]: habíamonos conjurado contra la despensa. Yo era el despensero Judas, que desde entonces hereda no sé qué amor a la sisa este oficio. La carne no guardaba en manos de la ama la orden retórica, porque siempre iba de más a menos. Y la vez que podía echar cabra o oveja, no echaba carnero, y si había huesos, no entraba cosa magra; y así, hacía unas ollas éticas, de puro flacas, unos caldos que, a estar cuajados, se pudieran hacer sartas de cristal dellos. Las Pascuas, por diferenciar, para que estuviese gorda la olla solía echar cabos de velas de sebo.

Ella decía, cuando yo estaba delante: —«Mi amo, por cierto que no hay servicio como el de Pablicos, si él no fuese travieso; consérvele v. m. que bien se le puede sufrir el ser

---

[83] *Llamarse a hambre*: Disculparse con el hambre.
[84] *Hacerse a las armas*: Acostumbrarse a las cosas.
[85] *Dos al mohíno*: Jugar de acuerdo dos contra uno.

bellaquillo por la fidelidad; lo mejor de la plaza trae.» Yo, por el consiguiente, decía della lo mismo, y así teníamos engañada la casa. Si se compraba aceite de por junto, carbón o tocino, escondíamos la mitad, y cuando nos parecía, decíamos el ama y yo: —«Modérense vs. ms. en el gasto, que en verdad que, si se dan tanta prisa, no basta la hacienda del Rey. Ya se ha acabado el aceite (o el carbón). Pero, ¿tal prisa le han dado? Mande v. m. comprar más, y a fe que se ha de lucir de otra manera. Denle dineros a Pablicos.» Dábanmelos y vendíamosles la mitad sisada, y, de lo que comprábamos, sisábamos la otra mitad; y esto era en todo. Y si alguna vez compraba yo algo en la plaza por lo que valía, reñíamos adrede el ama y yo. Ella decía: —«No me digas a mí, Pablicos, que éstos son dos cuartos de ensalada.» Yo hacía que lloraba, daba voces, íbame a quejar a mi señor, y apretábale para que enviase al mayordomo a saberlo, para que callase el ama, que adrede porfiaba. Iba y sabíalo, y con esto asegurábamos al amo y al mayordomo, y quedaban agradecidos, en mí a las obras, y en el ama al celo de su bien. Decíale don Diego, muy satisfecho de mí: —«¡Así fuese Pablicos aplicado a virtud como es de fiar! ¿Toda ésta es la lealtad que me decís vos dél?»

Tuvímoslos desta manera, chupándolos como sanguijuelas. Yo apostaré que v. m. se espanta de la suma de dinero que montaba al cabo del año. Ello mucho debió de ser, pero no debía obligar a restitución, porque el ama confesaba y comulgaba de ocho a ocho días, y nunca la vi rastro de imaginación de volver nada ni haber escrúpulo, con ser, como digo, una santa.

Traía un rosario al cuello siempre, tan grande, que era más barato llevar un haz de leña a cuestas. Dél colgaban muchos manojos de imágenes, cruces y cuentas de perdones. En todas decía que rezaba cada noche por sus bienhechores. Contaba ciento y tantos santos abogados suyos, y en verdad que había menester todas estas ayudas para desquitarse de lo que pecaba. Acostábase en un aposento encima del de mi amo, y rezaba más oraciones que un ciego. Entraba por el *Justo Juez* [86] y acababa en el *Conquibules* [87] —que ella decía—, y en la *Salve Rehína*. Decía las oraciones en latín, adrede, por fingirse inocente, de suerte que nos despedazábamos de risa todos. Tenía otras habilidades; era conqueridora [88] de voluntades y corchete de gustos, que es lo mismo que alcagüeta; pero disculpábase conmigo diciendo que le venía de casta, como al rey de Francia sanar lamparones [89].

¿Pensará v. m. que siempre estuvimos en paz? Pues, ¿quién ignora que dos amigos, como sean cudiciosos, si están juntos se han de procurar engañar el uno al otro? Sucedió que el ama criaba gallinas en el corral; yo tenía gana de comerla una. Tenía doce o treces pollos grandecitos, y un día, estando dándoles de comer, comenzó a decir: —«¡Pío, pío!»; y esto muchas veces. Yo que oí el modo de llamar, comencé a dar voces, y dije: —«¡Oh, cuerpo de Dios, ama, no hubiérades muerto un hombre o hurtado moneda al rey, cosa que yo pudiera callar, y no haber hecho lo que habéis hecho, que es imposible dejarlo de decir! ¡Malaventurado de mí y de vos!»

Ella, como me vio hacer extremos con tantas veras, turbose algún tanto y dijo: —«Pues, Pablos, ¿yo qué he hecho? Si te burlas, no me aflijas más.» —«¿Cómo burlas, pesia tal! Yo no puedo dejar de dar parte a la Inquisición, porque, si

---

[86] *Justo Juez*: Era una oración muy popular entonces, que comenzaba con las palabras «Justo Juez divinal...». Había muchas redacciones de ella.

[87] *Conquibules*: Graciosa deformación popular del principio del credo de San Atanasio: «Quicumque vult salvus esse...»

[88] *Conqueridora*: «Conquistadora».

[89] *Lamparones*: «Escrófula», enfermedad de la garganta que predispone a las enfermedades infecciosas y sobre todo a la tuberculosis... Los reyes de Francia dicen tener gracia de curar los lamparones, y el primer rey inglés, que fue Eduardo, tuvo la misma gracia.

no, estaré descomulgado.» —«¿Inquisición?» —dijo ella; y empezó a temblar—. «Pues ¿yo he hecho algo contra la fe?» —«Eso es lo peor —decía yo— no os burléis con los inquisidores; decir que fuesteis una boba y que os desdecís, y no neguéis la blasfemia y desacato.» Ella, con el miedo, dijo: —«Pues, Pablos, y si me desdigo, ¿castigáranme?» Respondile: —«No, porque sólo os absolverán». —«Pues yo me desdigo» —dijo—, «pero dime tú de qué, que no lo sé yo, así tengan buen siglo las ánimas de mis difuntos». —«¿Es posible que no advertisteis en qué? No sé cómo lo diga, que el desacato es tal que me acobarda. ¿No os acordáis que dijisteis a los pollos, *pío, pío,* y es Pío nombre de los papas, vicarios de Dios y cabezas de la Iglesia? Papaos el pecadillo.»

Ella quedó como muerta, y dijo: —«Pablos, yo lo dije, pero no me perdone Dios si fue con malicia. Yo me desdigo; mira si hay camino para que se pueda escusar el acusarme, que me moriré si me veo en la Inquisición.» —«Como vos juréis en una ara consagrada que no tuvisteis malicia, yo, asegurado, podré dejar de acusaros; pero será necesario que estos dos pollos, que comieron llamándoles con el santísimo nombre de los pontífices, me los deis para que yo los lleve a un familiar que los queme, porque están dañados. Y, tras esto, habéis de jurar de no reincidir de ningún modo.» Ella, muy contenta, dijo: —«Pues llévatelos, Pablos, agora, que mañana juraré.» Yo, por más asegurarla, dije: —«Lo peor es, Cipriana» —que así se llamaba— «que yo voy a riesgo, porque me dirá el familiar si soy yo, y entre tanto me podrá hacer vejación. Llevadlos vos, que yo, pardiez que temo.» —«Pablos» —decía cuando me oyó decir—, «por amor de Dios que te duelas de mí y los lleves, que a ti no te puede suceder nada.»

Dejela que me lo rogase mucho, y al fin —que era lo que quería—, determineme, tomé los pollos, escondilos en mi aposento, hice que iba fuera, y volví diciendo: —«Mejor se ha hecho que yo pensaba. Quería el familiarcito venirse tras mí a ver la mujer, pero lindamente te le he engañado y negociado.» Diome mil abrazos y otro pollo para mí, y yo fuime con él adonde había dejado sus compañeros, y hice hacer en casa de un pastelero una cazuela, y comímelos con los demás criados. Supo el ama y don Diego la maraña, y toda la casa la celebró en extremo; el ama llegó tan al cabo de pena, que por poco se muriera. Y, de enojo, no estuvo dos dedos —a no tener por qué callar— de decir mis sisas.

Yo, que me vi ya mal con el ama, y que no la podía burlar, busqué nuevas trazas de holgarme, y di en lo que llaman los estudiantes correr o arrebatar. En esto me sucedieron cosas graciosísimas, porque, yendo una noche a las nueve —que anda poca gente—, por la calle Mayor, vi una confitería, y en ella un cofín [90] de pasas sobre el tablero, y tomando vuelo, vine, agarrele y di a correr. El confitero dio tras mí, y otros criados y vecinos. Yo, como iba cargado, vi que, aunque les llevaba ventaja, me habían de alcanzar, y, al volver una esquina, senteme sobre él, y envolví la capa a la pierna de presto, y empecé a decir, con la pierna en la mano, fingiéndome pobre: —«¡Ay! ¡Dios se lo perdone, que me ha pisado!» Oyéronme esto y, en llegando, empecé a decir: —«Por tan alta Señora», y lo ordinario de la hora menguada y aire corruto [91]. Ellos se venían desgañifando y dijéronme: —«¿Va por aquí un hombre, hermano?» —«Ahí adelante, que aquí me pisó, loado sea Dios.»

---

[90] *Cofín*: Cesto o canasto de esparto, mimbres o madera para llevar frutas u otras cosas.

[91] *La hora menguada y aire corruto*: Los pordioseros solían pregonar que en una hora menguada, o infausta, un aire corrompido (corrupto) les había dejado tullidos, lisiados, enfermos, etcétera, a fin de mover la compasión de los transeúntes. Las horas menguadas eran las que estaban próximas a acabarse, y se consideraban como propicias para toda suerte de males, desdichas y hechizo.

Arrancaron con esto, y fuéronse; quedé solo, lleveme el cofín a casa, conté la burla, y no quisieron creer que había sucedido así, aunque lo celebraron mucho. Por lo cual, los convidé para otra noche a verme correr cajas.

Vinieron, y advirtiendo ellos que estaban las cajas dentro la tienda, y que no las podía tomar con la mano, tuviéronlo por imposible, y más por estar el confitero —por lo que sucedió al otro de las pasas— alerta. Vine, pues, y metiendo doce pasos atrás de la tienda mano a la espada, que era un estoque recio, partí corriendo, y, en llegando a la tienda, dije: —«¡Muera!» Y tiré una estocada por delante del confitero. Él se dejó caer pidiendo confesión, y yo di la estocada en una caja, y la pasé y saqué en la espada, y me fui con ella. Quedáronse espantados de ver la traza, y muertos de risa de que el confitero decía que le mirasen, que sin duda le había herido, y que era un hombre con quien él había tenido palabras. Pero, volviendo los ojos, como quedaron desbaratadas, al salir de la caja, las que estaban alrededor, echó de ver la burla, y empezó a santiguarse que no pensó acabar. Confieso que nunca me supo cosa tan bien.

Decían los compañeros que yo sólo podía sustentar la casa con lo que corría (que es lo mismo que hurtar, en nombre revesado). Yo, como era muchacho y oía que me alababan el ingenio con que salía destas travesuras, animábame para hacer muchas más. Cada día traía la pretina[92] llena de jarras de monjas, que les pedía para beber y me venía con ellas; introduje que no diesen nada sin prenda primero.

Y así, prometí a don Diego y a todos los compañeros, de quitar una noche las espadas a la misma ronda[93]. Señalose

---

[92] *Pretina*: Correa o cinta con hebilla o broche para sujetar en la cintura ciertas prendas de ropa.

[93] *Ronda*: Grupo de autoridades que pasean la población haciendo la vigilancia. La formaban los corchetes armados de espadas y los alguaciles, que eran sus jefes inmediatos, con varas. La ronda estaba al mando del corregidor, nombrado este último libremente por el rey.

cuál había de ser, y fuimos juntos, yo delante, y en columbrando la justicia, llegueme con otro de los criados de casa, muy alborotado y dije: —«¿Justicia?» Respondieron: —«Sí.» —«¿Es el corregidor?» Dijeron que sí. Hinqueme de rodillas y dije: —«Señor, en sus manos de v. m. está mi remedio y mi venganza, y mucho provecho de la república; mande v. m. oírme dos palabras a solas, si quiere una gran prisión.» Apartose, y ya los corchetes estaban empuñando las espadas y los alguaciles poniendo mano a las varitas; y dije: —«Señor, yo he venido desde Sevilla siguiendo seis hombres los más facinorosos del mundo, todos ladrones y matadores de hombres, y entre ellos viene uno que mató a mi madre y a un hermano mío por saltearlos, y le está probado esto; vienen acompañando, según los he oído decir, a una espía francesa, y aun sospecho por lo que les he oído, que es...»; y bajando más la voz, dije: «Antonio Pérez»[94].

Con esto, el corregidor dio un salto hacia arriba, y dijo: —«¿Adónde están?» —«Señor, en la casa pública; no se detenga v. m., que las ánimas de mi madre y hermano se lo pagarán en oraciones, y el rey acá.» —«¡Jesús!» —dijo—, «no nos detengamos. ¡Hola, seguidme todos! Dadme una rodela»[95]. Yo entonces le dije, tornándole a apartar: —«Señor, perderse ha v. m. si hace eso, porque antes importa que todas vs. ms. entren sin espada, y uno a uno, que ellos están en los aposentos y traen pistoletes, y en viendo entrar con espadas, como saben que no las puede traer sino la justicia, dispararán. Con dagas es mejor, y cogerlos por detrás los brazos, que demasiados vamos.»

---

[94]   *Antonio Pérez*: Secretario de Felipe II, que huyó de España en 1593 a Francia, donde murió en 1611. *Espía*, femenino como «guarda» hasta el siglo XIX, designaba al hombre.
[95]   *Rodela*: Escudo redondo y delgado que servía para cubrir el pecho, empleado por las gentes de la ronda.

Cuadrole al corregidor la traza, con la cudicia de la prisión. En esto llegamos cerca, y el corregidor, advertido, mandó que debajo de unas yerbas pusiesen todos las espadas, escondidas en un campo que está enfrente casi de la casa; pusiéronlas y caminaron. Yo, que había avisado al otro que ellos dejarlas y él tomarlas y pescarse a casa fuese todo uno, hízolo así; y al entrar todos, quedeme atrás el postrero; y, en entrando ellos mezclados con otra gente que entraba, di cantonada[96] y emboqueme por una callejuela que va a dar a la Vitoria, que no me alcanzara un galgo.

Ellos que entraron y no vieron nada, porque no había sino estudiantes y pícaros —que es todo uno—, comenzaron a buscarme, y, no me hallando, sospecharon lo que fue; y yendo a buscar sus espadas, no hallaron media.

¿Quién contará las diligencias que hizo con el retor el corregidor aquella noche? Anduvieron todos los patios, reconociendo las caras y mirando las armas. Llegaron a casa, y yo, porque no me conociesen, estaba echado en la cama con un tocador[97] y con una vela en la mano y un cristo en la otra, y un compañero clérigo ayudándome a morir, y los demás rezando las letanías. Llegó el retor y la justicia, y viendo el espectáculo, se salieron, no persuadiéndose que allí pudiera haber habido lugar para cosa. No miraron nada, antes el retor me dijo un responso. Preguntó si estaba ya sin habla, y dijéronle que sí; y con tanto, se fueron desesperados de hallar rastro, jurando el retor de remitirle si lo topasen, y el corregidor de ahorcarle aunque fuese hijo de un grande. Levanteme de la cama, y hasta hoy no se ha acabado de solemnizar la burla en Alcalá.

Y por no ser largo, dejo de contar cómo hacía monte la plaza del pueblo, pues de cajones de tundidores y plateros y

---

[96] *Dar cantonada*: Semejante al moderno «dar esquinazo».
[97] *Tocador*: Ornamento de la cabeza que usa el hombre de noche.

mesas de fruteras —que nunca se me olvidará la afrenta de cuando fui rey de gallos— sustentaba la chimenea de casa todo el año. Callo las pensiones [98] que tenía sobre los habares, viñas y huertos, en todo aquello de alrededor. Con estas y otras cosas, comencé a cobrar fama de travieso y agudo entre todos. Favorecíanme los caballeros, y apenas me dejaban servir a don Diego, a quien siempre tuve el respeto que era razón por el mucho amor que me tenía.

[98] *Pensiones*: Beneficios.

CAPÍTULO VII

De la ida de don Diego, y nuevas
de la muerte de mi padre y madre,
y la resolución que tomé
en mis cosas para adelante

En este tiempo, vino a don Diego una carta de su padre, en cuyo pliego venía otra de un tío mío llamado Alonso Ramplón, hombre allegado a toda virtud y muy conocido en Segovia por lo que era allegado a la justicia, pues cuantas allí se habían hecho, de cuarenta años a esta parte, han pasado por sus manos. Verdugo era, si va a decir la verdad, pero un águila en el oficio; vérsele hacer daba gana a uno de dejarse ahorcar. Éste, pues, me escribió una carta a Alcalá, desde Segovia, en esta forma:

«Hijo Pablos —que por el mucho amor que me tenía me llamaba así—: Las ocupaciones grandes desta plaza en que me tiene ocupado Su Majestad, no me han dado lugar a hacer esto; que si algo tiene malo el servir al Rey, es el trabajo, aunque se desquita con esta negra honrilla de ser criados.

Pésame de daros nuevas de poco gusto. Vuestro padre murió ocho días ha, con el mayor valor que ha muerto hombre en el mundo; dígolo como quien lo guindó. Subió en el asno sin poner pie en el estribo. Veníale el sayo baquero [99] que parecía haberse hecho para él. Y como tenía aquella

---

[99] *Sayo baquero*: Vestido exterior que cubre todo el cuerpo y se ataca por una abertura que tiene atrás, en lo que sirve de jubón.

presencia, nadie le veía con los cristos delante, que no le juzgase por ahorcado. Iba con gran desenfado, mirando a las ventanas y haciendo cortesías a los que dejaban sus oficios por mirarle; hízole dos veces los bigotes; mandaba descansar a los confesores, y íbales alabando lo que decían bueno.

Llegó a la N de palo [100], puso él un pie en la escalera, no subió a gatas ni despacio y, viendo un escalón hendido, volvióse a la justicia, y dijo que mandase aderezar aquél para otro, que no todos tenían su hígado. No sabré encarecer cuán bien pareció a todos.

Sentose arriba, tiró las arrugas de la ropa atrás; tomó la soga y púsola en la nuez. Y viendo que el teatino [101] le quería predicar, vuelto a él, le dijo: —«Padre, yo lo doy por predicado; vaya un poco de Credo, y acabemos presto, que no querría parecer prolijo» [102]. Hízose así, encomendóme que le pusiese la caperuza de lado y que le limpiase las barbas. Yo lo hice así. Cayó sin encoger las piernas ni hacer gesto; quedó con una gravedad que no había más que pedir. Hícele cuartos, y dile por sepultura los caminos. Dios sabe lo que a mí me pesa de verle en ellos, haciendo mesa franca a los grajos. Pero yo entiendo que los pasteleros desta tierra nos consolarán, acomodándole en los de a cuatro [103].

De vuestra madre, aunque está viva agora, casi os puedo decir lo mismo, porque está presa en la Inquisición de Toledo, porque desenterraba los muertos [104] sin ser murmuradora. Dícese que daba paz [105] cada noche a un cabrón en el

---

[100] *La N de palo*: La horca.
[101] *Teatino*: Se decía de los clérigos regulares de San Cayetano que se dedicaban muy especialmente a ayudar a bien morir a los ajusticiados.
[102] Morir en la horca sin dar muestras de flaqueza merecía siempre el elogio de la gente maleante.
[103] *Los de a cuatro*: Pasteles de hojaldre, rellenos de carne, que valían cuatro maravedís.
[104] *Desenterraba los muertos*: Para sacarles muelas con las que practicaba sus artes de brujería.
[105] *Daba paz*: Besaba.

ojo que no tiene niña. Halláronla en su casa más piernas, brazos y cabezas que en una capilla de milagros. Y lo menos que hacía era sobrevirgos y contrahacer doncellas. Dicen que representará en un auto [106] el día de la Trinidad, con cuatrocientos de muerte. Pésame que nos deshonra a todos, y a mí principalmente, que, al fin, soy ministro del Rey, y me están mal estos parentescos.

Hijo, aquí ha quedado no sé qué hacienda escondida de vuestros padres: será en todo hasta cuatrocientos ducados. Vuestro tío soy, y lo que tengo ha de ser para vos. Vista ésta, os podréis venir aquí que, con lo que vos sabéis de latín y retórica, seréis singular en el arte de verdugo. Respondedme luego, y, entre tanto, Dios os guarde.»

No puedo negar que sentí mucho la nueva afrenta, pero holgueme en parte: tanto pueden los vicios en los padres, que consuelan de sus desgracias, por grandes que sean, a los hijos.

Fuime corriendo a don Diego, que estaba leyendo la carta de su padre, en que le mandaba que se fuese y que no me llevase en su compañía, movido de las travesuras mías que había oído decir. Díjome cómo se determinaba ir, y todo lo que le mandaba su padre, que a él le pesaba de dejarme, y a mí más; díjome que me acomodaría con otro caballero amigo suyo, para que le sirviese. Yo, en esto, riéndome, le dije: —«Señor, ya soy otro, y otros mis pensamientos; más alto pico, y más autoridad me importa tener. Porque, si hasta ahora tenía como cada cual mi piedra en el rollo [107], ahora

---

[106] *Auto de fe*: Castigo público de los penitentes por el tribunal de la Inquisición.

[107] *Tener su piedra en el rollo*: Era en las aldeas tener su asiento en las gradas del rollo, donde se reunían a conversar; nadie ocupaba aquel asiento que no fuese su habitual ocupante. Por consiguiente, la frase significaba «ser hombre de honra» al que los demás respetaban. Por otra parte, el rollo servía también de picota donde se exponían las cabezas de los ajusticiados. En este doble sentido se basa el chiste de Quevedo.

tengo mi padre.» Declarele cómo había muerto tan honradamente como el más estirado, cómo le trincharon y le hicieron moneda [108], cómo me había escrito mi señor tío, el verdugo, desto y de la prisioncilla de mamá, que a él, como a
quien sabía quién yo soy, me pude descubrir sin vergüenza.
Lastimose mucho y preguntome que qué pensaba hacer. Dile
cuenta de las determinaciones; y con tanto, al otro día, él se
fue a Segovia harto triste, y yo me quedé en la casa disimu-
lando mi desventura.

Quemé la carta porque, perdiéndoseme acaso, no la leyese
alguien, y comencé a disponer mi partida para Segovia, con
fin de cobrar mi hacienda y conocer mis parientes, para huir
dellos.

---

[108]   *Le hicieron moneda*: Le hicieron cuartos, en el sentido de partes en que
se divide algo.

LIBRO SEGUNDO

CAPÍTULO I

Del camino de Alcalá para Segovia, y de lo que me sucedió en él hasta Rejas, donde dormí aquella noche

Llegó el día de apartarme de la mejor vida que hallo haber pasado. Dios sabe lo que sentí el dejar tantos amigos y apasionados, que eran sin número. Vendí lo poco que tenía, de secreto, para el camino, y, con ayuda de unos embustes, hice hasta seiscientos reales. Alquilé una mula y salime de la posada, adonde ya no tenía que sacar más de mi sombra. ¿Quién contara las angustias del zapatero por lo fiado, las solicitudes del ama por el salario, las voces del huésped de la casa por el arrendamiento? Uno decía: —«¡Siempre me lo dijo el corazón!»; otro: —«¡Bien me decían a mí que éste era un trampista!» Al fin, yo salí tan bienquisto del pueblo, que dejé con mi ausencia a la mitad dél llorando, y a la otra mitad riéndose de los que lloraban.

Yo me iba entreteniendo por el camino, considerando en estas cosas, cuando, pasado Torote [1], encontré con un hombre

---

[1] *Torote*: Riachuelo afluente del Henares.

en un macho de albarda, el cual iba hablando entre sí con muy gran prisa, y tan embebecido, que, aun estando a su lado, no me veía. Saludele y saludome; preguntele dónde iba, y después que nos pagamos las respuestas, comenzamos luego a tratar de si bajaba el turco[2] y de las fuerzas del Rey. Comenzó a decir de qué manera se podía conquistar la Tierra Santa, y cómo se ganaría Argel; en los cuales discursos eché de ver que era loco repúblico y de gobierno[3].

Proseguimos en la conversación propia de pícaros, y venimos a dar, de una cosa en otra, en Flandes. Aquí fue ello, que empezó a suspirar y a decir: —«Más me cuestan a mí esos estados que al Rey porque ha catorce años que ando con un arbitrio que, si como imposible no lo fuera, ya estuviera todo sosegado.» —«¿Qué cosa puede ser» —le dije yo— «que, conviniendo tanto, sea imposible y no se pueda hacer?» —«¿Quién le dice a v. m.» —dijo luego— «que no se puede hacer?; hacerse puede, que ser imposible es otra cosa. Y si no fuera por dar pesadumbre, le contara a v. m. lo que es; pero allá se verá, que agora lo pienso imprimir con otros trabajillos, entre los cuales le doy al Rey modo de ganar a Ostende[4] por dos caminos.» Roguele que me los dijese, y, al punto, sacando de las faldriqueras un gran papel, me mostró pintado el fuerte del enemigo y el nuestro, y dijo: —«Bien ve v. m. que la dificultad de todo está en este pedazo de mar; pues yo doy orden de chuparle todo con esponjas, y quitarle de allí.» Di yo con este desatino una gran risada, y él entonces, mirándome a la cara, me dijo: —«A nadie se lo he

---

[2] *Tratar de si bajaba el turco*: Conversación frecuente de gente desocupada sobre los movimientos de la armada de los turcos.

[3] *Loco repúblico y de gobierno*: Arbitrista, arreglador del país, que cree haber hallado medios para todos los males que afligen a la nación. Eran muy numerosos en el siglo XVII.

[4] *Ostende*: En los Países Bajos fue sitiada por el marqués de Spínola desde julio a septiembre de 1604.

dicho que no haya hecho otro tanto, que a todos les da gran contento.» —«Ése tengo yo, por cierto» —le dije—, «de oír cosa tan nueva y tan bien fundada, pero advierta v. m. que ya que chupe el agua que hubiere entonces, tornará luego la mar a echar más.» —«No hará la mar tal cosa, que lo tengo yo eso muy apurado» —me respondió—, «y no hay que tratar; fuera de que yo tengo pensada una invención para hundir la mar por aquella parte doce estados»[5].

No lo osé replicar de miedo que me dijese que tenía arbitrio para tirar el cielo acá bajo. No vi en mi vida tan gran orate. Decíame que Juanelo[6] no había hecho nada, que él trazaba agora de subir toda el agua del Tajo a Toledo de otra manera más fácil. Y sabido lo que era, dijo que por ensalmo: ¡mire v. m. quién y tal oyó en el mundo! Y, al cabo, me dijo: —«Y no lo pienso poner en ejecución, si primero el Rey no me da una encomienda[7], que la puedo tener muy bien, y tengo una ejecutoria muy honrada.» Con estas pláticas y desconciertos, llegamos a Torrejón, donde se quedó, que venía a ver una parienta suya.

Yo pasé adelante, pereciéndome de risa de los arbitrios en que ocupaba el tiempo, cuando, Dios y enhorabuena, desde lejos, vi una mula suelta, y un hombre junto a ella a pie, que, mirando a un libro, hacía unas rayas que medía con un compás. Daba vueltas y saltos a un lado y a otro, y de rato en rato, poniendo un dedo encima de otro, hacía con ellos mil cosas saltando. Yo confieso que entendí por gran rato —que

---

[5] *Estado*: Medida de longitud equivalente a la estatura media de un hombre.

[6] *Juanelo Turriano*: Natural de Cremona, logró, por medio de un «artificio», elevar las aguas del Tajo a lo más alto de Toledo. Su artefacto funcionó durante unos treinta años, en tiempo de Felipe II.

[7] *Encomienda*: Dignidad dotada de renta competente, que en las órdenes militares se daba a algunos caballeros; ejecutoria o carta ejecutoria de hidalguía, título o diploma en que consta legalmente la nobleza de una persona o familia.

me paré desde lejos a verlo— que era encantador, y casi no me determinaba a pasar. Al fin, me determiné, y, llegando cerca, sintiome, cerró el libro, y, al poner el pie en el estribo, resbalósele y cayó. Levantele, y díjome: —«No tomé bien el medio de proporción para hacer la circumferencia al subir.» Yo no le entendí lo que me dijo y luego temí lo que era, porque más desatinado hombre no ha nacido de las mujeres.

Preguntome si iba a Madrid por línea recta, o si iba por camino circumflejo. Yo, aunque no lo entendí, le dije que circumflejo. Preguntome cuya era la espada que llevaba al lado. Respondile que mía, y, mirándola, dijo: —«Esos gavilanes habían de ser más largos, para reparar los tajos que se forman sobre el centro de las estocadas.» Y empezó a meter una parola [8] tan grande, que me forzó a preguntarle qué materia profesaba. Díjome que él era diestro [9] verdadero, y que lo haría bueno en cualquiera parte. Yo, movido a risa, le dije: —«Pues, en verdad, que por lo que yo vi hacer a v. m. en el campo denantes, que más le tenía por encantador, viendo los círculos.» —«Eso» —me dijo— «era que se me ofreció una treta por el cuarto círculo con el compás mayor, cautivando la espada para matar sin confesión al contrario, porque no diga quién lo hizo, y estaba poniéndolo en términos de matemática.» —«¿Es posible» —le dije yo— «que hay matemática en eso?» «No solamente matemática» —dijo—, «más teología, filosofía, música y medicina.» —«Esa postrera no lo dudo, pues se trata de matar en esa arte.» —«No os burléis» —me dijo—, «que ahora aprendo yo la limpiadera [10] contra la espada, haciendo los tajos mayores, que comprehenden en sí las aspirales de la espada.» —«No entiendo cosa de cuantas me decís, chica ni grande.» —«Pues este

---

[8] *Parola*: Conversación larga y de poca sustancia.
[9] *Diestro*: Maestro de esgrima.
[10] *Limpiadera*: Instrumento con que se limpian las ropas o los vestidos.

libro las dice» —me respondió—, «que se llama *Grandezas de la espada*, y es muy bueno y dice milagros; y, para que lo creáis, en Rejas que dormiremos esta noche, con dos asadores me veréis hacer maravillas. Y no dudéis que cualquiera que leyere en este libro, matará a todos los que quisiere.» —«U ese libro enseña a ser pestes a los hombres, u le compuso algún doctor.» —«¿Cómo doctor? Bien lo entiende» —me dijo—: «es un gran sabio, y aun, estoy por decir, más.»

En estas pláticas, llegamos a Rejas. Apeámonos en una posada y, al apearnos, me advirtió con grandes voces que hiciese un ángulo obtuso con las piernas, y que, reduciéndolas a líneas paralelas, me pusiese perpendicular en el suelo. El huésped, que me vio reír y le vio, preguntóme que si era indio aquel caballero, que hablaba de aquella suerte. Pensé con esto perder el juicio. Llegose luego al huésped, y díjole: —«Señor, deme dos asadores para dos o tres ángulos, que al momento se los volveré.» —«¡Jesús!» —dijo el huésped—, «deme v. m. acá los ángulos, que mi mujer los asará; aunque aves son que no las he oído nombrar.» —«¡Qué! ¡No son aves!» —dijo volviéndose a mí—: «Mire v. m. lo que es no saber. Deme los asadores, que no los quiero sino para esgrimir; que quizá le valdrá más lo que me viere hacer hoy, que todo lo que ha ganado en su vida.» En fin, los asadores estaban ocupados, y hubimos de tomar dos cucharones.

No se ha visto cosa tan digna de risa en el mundo. Daba un salto y decía: —«Con este compás alcanzo más, y gano los grados del perfil. Ahora me aprovecho del movimiento remiso para matar el natural. Ésta había de ser cuchillada, y éste tajo.» No llegaba a mí desde una legua, y andaba alrededor con el cucharón; y como yo me estaba quedo, parecían tretas contra olla que se sale. Díjome al fin: —«Esto es lo bueno, y no las borracherías que enseñan estos bellacos maestros de esgrima, que no saben sino beber».

No lo había acabado de decir, cuando de un aposento salió un mulatazo [11] mostrando las presas [12], con un sombrero enjerto en guardasol, y un coleto [13] de ante debajo de una ropilla suelta y llena de cintas, zambo de piernas a lo águila imperial, la cara con un *per signum crucis* [14] *de inimicis suis*, la barba de ganchos, con unos bigotes de guardamano, y una daga con más rejas que un locutorio de monjas. Y, mirando al suelo, dijo: —«Yo soy examinado y traigo la carta, y, por el sol que calienta los panes [15], que haga pedazos a quien tratare mal a tanto buen hijo como profesa la destreza.» Yo que vi la ocasión, metime en medio, y dije que no hablaba con él, y que así no tenía por qué picarse. —«Meta mano a la blanca [16] si la trae, y apuremos cuál es verdadera destreza, y déjese de cucharones.»

El pobre de mi compañero abrió el libro, y dijo en altas voces: —«Este libro lo dice, y está impreso con licencia del Rey, y yo sustentaré que es verdad lo que dice, con el cucharón y sin el cucharón, aquí y en otra parte, y, si no, midámoslo.» Y sacó el compás, y empezó a decir: —«Este ángulo es obtuso.» Y entonces, el maestro sacó la daga, y dijo: —«Yo no sé quién es Ángulo ni Obtuso, ni en mi vida oí decir tales nombres; pero, con ésta en la mano, le haré yo pedazos.»

Acometió al pobre diablo, el cual empezó a huir, dando saltos por la casa diciendo: —«No me puede dar, que le he ganado los grados de perfil.» Metímoslos en paz el huésped

---

[11] *Mulatazo*: Pendenciero.
[12] *Las presas*: Los colmillos.
[13] *Coleto*: Vestidura hecha de piel, con mangas o sin ellas, que cubre el cuerpo, ciñéndolo hasta la cintura, por lo común hecho de piel.
[14] *Per signum crucis*: Cuchillada.
[15] *Los panes*: Los trigos.
[16] *La blanca*: La espada blanca, por oposición a la espada negra usada en los asaltos.

y yo y otra gente que había, aunque de risa no me podía mover.

Metieron al buen hombre en su aposento, y a mí con él; cenamos, y acostámonos todos los de la casa. Y, a las dos de la mañana, levántase en camisa, y empieza a andar a escuras por el aposento, dando saltos y diciendo en lengua matemática mil disparates. Despertome a mí, y, no contento con esto, bajó al huésped para que le diese luz, diciendo que había hallado objeto fijo a la estocada sagita [17] por la cuerda. El huésped se daba a los diablos de que lo despertase, y tanto le molestó, que le llamó loco. Y con esto, se subió y me dijo que, si me quería levantar, vería la treta tan famosa que había hallado contra el turco y sus alfanjes. Y decía que luego se la quería ir a enseñar al Rey, por ser en favor de los católicos.

En esto, amaneció; vestímonos todos, pagamos la posada, hicímoslos amigos a él y al maestro, el cual se apartó diciendo que el libro que alegaba mi compañero era bueno, pero que hacía más locos que diestros, porque los más no lo entendían.

---

[17] *Sagita*: Porción de recta comprendida entre el punto medio de un arco de círculo y el de su cuerda.

CAPÍTULO II

De lo que me sucedió hasta llegar
a Madrid con un poeta

Yo tomé mi camino para Madrid, y él se despidió de mí por ir diferente jornada. Y ya que estaba apartado, volvió con gran prisa, y, llamándome a voces, estando en el campo donde no nos oía nadie, me dijo al oído: —«Por vida de v. m., que no diga nada de todos los altísimos secretos que le he comunicado en materia de destreza, y guárdelo para sí, pues tiene buen entendimiento.» Yo le prometí de hacerlo; tornóse a partir de mí, y yo empecé a reírme del secreto tan gracioso.

Con eso, caminé más de una legua que no topé persona. Iba yo entre mí pensando en las muchas dificultades que tenía para profesar honra y virtud, pues había menester tapar primero la poca de mis padres, y luego tener tanta, que me desconociesen por ella. Y parecíanme a mí tan bien estos pensamientos honrados, que yo me los agradecía a mí mismo. Decía a solas: —«Más se me ha de agradecer a mí, que no he tenido de quien aprender virtud, ni a quien parecer en ella, que al que la hereda de sus agüelos.»

En estas razones y discursos iba, cuando topé un clérigo muy viejo en una mula, que iba camino de Madrid. Trabamos plática, y luego me preguntó que de dónde venía; yo le dije que de Alcalá. —«Maldiga Dios» —dijo él— «tan mala gente como hay en ese pueblo, pues falta entre todos un hombre de discurso.» Preguntele que cómo o por qué se podía decir tal de lugar donde asistían tantos doctos varones. Y él muy enojado, dijo: —«¿Doctos? Yo le diré a v. m. que tan doctos, que habiendo más de catorce años que hago yo en Majadahonda, donde he sido sacristán, las chanzonetas [18] al Corpus y al Nacimiento, no me premiaron en el cartel [19] unos cantarcitos; y porque vea v. m. la sinrazón, se los he de leer, que yo sé que se holgará.» Y diciendo y haciendo, desenvainó una retahíla de coplas pestilenciales, y por la primera, que era ésta, se conocerán las demás:

Pastores, ¿no es lindo chiste,
que es hoy el señor san Corpus Christe?
Hoy es el día de las danzas
en que el Cordero sin mancilla
tanto se humilla,
que visita nuestras panzas,
y entre estas bienaventuranzas
entra en el humano buche.
Suene el lindo sacabuche [20],
pues nuestro bien consiste:
Pastores, ¿no es lindo chiste, etc.

—«¿Qué pudiera decir más —me dijo— el mismo inventor de los chistes? Mire qué misterios encierra aquella

---

[18] *Chanzonetas*: Nombre que antes se daba a coplas o composiciones en verso ligeras y festivas, hechas por lo común para que se cantasen en Navidad o en otras festividades religiosas.

[19] *Cartel*: En las competiciones o certámenes de alguna rama del saber y en los torneos, los que habían de ser mantenedores fijaban un escrito llamado «cartel», al pie del cual firmaban los que habían de tomar parte en la fiesta. Aquí se trata de un concurso poético y en el «cartel» se publicaba, al parecer, el fallo del jurado.

[20] *Sacabuche*: Instrumento musical de metal, a modo de trompeta, que se alarga y se acorta recogiéndose en sí mismo, para que haga la diferencia de voces que pide la música.

palabra *pastores*: más me costó de un mes de estudio.» Yo no pude con esto tener la risa, que a barbollones se me salía por los ojos y narices, y dando una gran carcajada, dije: —«¡Cosa admirable! Pero sólo reparo en que llama v. m. *señor san Corpus Christe*. Y Corpus Christi no es santo, sino el día de la institución del Sacramento.» —«¡Qué lindo es eso!» —me respondió, haciendo burla—; «yo le daré en el calendario, y está canonizado, y apostaré a ello la cabeza.»

No pude porfiar, perdido de risa de ver la suma ignorancia; antes le dije cierto que eran dignas de cualquier premio, y que no había oído cosa tan graciosa en mi vida. —«¿No?» —dijo al mismo punto—; «pues oiga v. m. un pedacito de un librillo que tengo hecho a las once mil vírgenes, adonde a cada una he compuesto cincuenta octavas, cosa rica.» Yo, por escusarme de oír tanto millón de octavas, le supliqué que no me dijese cosa a lo divino. Y así, me comenzó a recitar una comedia que tenía más jornadas [21] que el camino de Jerusalén. Decíame: —«Hícela en dos días, y éste es el borrador.» Y sería hasta cinco manos de papel. El título era *El arca de Noé*. Hacíase todo entre gallos y ratones, jumentos, raposas, lobos y jabalíes, como fábulas de Isopo [22]. Yo le alabé la traza y la invención, a lo cual me respondió: —«Ello cosa mía es, pero no se ha hecho otra tal en el mundo, y la novedad es más que todo; y, si yo salgo con hacerla representar, será cosa famosa.» —«¿Cómo se podrán representar» —le dije yo—, «si han de entrar los mismos animales, y ellos no hablan?» —«Ésa es la dificultad, que a no haber ésa, ¿había cosa más alta? Pero yo tengo pensado de hacerla toda de papagayos, tordos y picazas, que hablan, y meter para el entremés monas.» —«Por cierto, alta cosa es ésa.» —«Otras más altas he hecho yo» —dijo—, «por una mujer a quien amo.

---

[21]   *Jornadas*: En el doble sentido de actos de la comedia y etapas del camino.
[22]   *Isopo*: Esopo, fabulista griego traducido por Fedro.

Y vea aquí novecientos y un sonetos, y doce redondillas» —que parecía que contaba escudos por maravedís[23]— «hechos a las piernas de mi dama.» Yo le dije que si las había visto él, y díjome que no había hecho tal por las órdenes que tenía, pero que iban en profecía los concetos.

Yo confieso la verdad, que aunque me holgaba de oírle, tuve miedo a tantos versos malos, y así, comencé a echar la plática a otras cosas. Decíale que veía liebres, y él saltaba: —«Pues empezaré por uno donde la comparo a ese animal.» Y empezaba luego; y yo, por divertirle[24], decía: —«¿No ve v. m. aquella estrella que se ve de día?» A lo cual, dijo: —«En acabando éste, le diré el soneto treinta, en que la llamo estrella, que no parece sino que sabe los intentos dellos.»

Afligime tanto, con ver que no podía nombrar cosa a que él no hubiese hecho algún disparate, que, cuando vi que llegábamos a Madrid, no cabía de contento, entendiendo que de vergüenza callaría; pero fue al revés, porque, por mostrar lo que era, alzó la voz en entrando por la calle. Yo le supliqué que lo dejase, poniéndole por delante que, si los niños olían poeta, no quedaría troncho que no se viniese por sus pies tras nosotros, por estar declarados por locos en una premática que había salido contra ellos, de uno que lo fue y se recogió a buen vivir. Pidiome que se la leyese si la tenía, muy congojado. Prometí de hacerlo en la posada. Fuimos a una, donde él se acostumbraba apear, y hallamos a la puerta más de doce ciegos. Unos le conocieron por el olor, y otros por la voz. Diéronle una barahúnda de bienvenido; abrazolos a todos, y luego comenzaron unos a pedirle oración para el Justo Juez en verso grave y sonoro, tal que provocase a

---

[23] *Escudos y maravedís*: Son nombres de monedas de la época. Los escudos tenían mayor valor que los maravedís.

[24] *Divertirle*: Desviarle, apartarle.

gestos; otros pidieron de las ánimas, y por aquí discurrió, recibiendo ocho reales de señal de cada uno. Despidiolos, y díjome: —«Más me han de valer de trecientos reales los ciegos; y así, con licencia de v. m. me recogeré agora un poco, para hacer alguna dellas, y, en acabando de comer, oiremos la premática»[25].

¡Oh, vida miserable! Pues ninguna lo es más que la de los locos que ganan de comer con los que lo son.

---

[25] *Premática*: Pragmática, ley emanada de autoridad competente que se diferenciaba de las Reales órdenes y decretos en las fórmulas de su publicación. El texto de esta «premática» fue escrito como obra aparte e incluida luego en *El Buscón*, con algunas modificaciones.

CAPÍTULO III

De lo que hice en Madrid, y lo que me sucedió hasta llegar a Cercedilla, donde dormí

Recogiose un rato a estudiar herejías y necedades para los ciegos. Entre tanto, se hizo hora de comer; comimos, y luego pidiome que le leyese la premática. Yo, por no haber otra cosa que hacer, la saqué y se la leí. La cual pongo aquí, por haberme parecido aguda y conveniente a lo que se quiso reprehender en ella. Decía en este tenor:

Premática del desengaño contra los poetas güeros, chirles y hebenes [26]

Diole al sacristán la mayor risa del mundo, y dijo: —«¡Hablara yo para mañana! [27] Por Dios, que entendí que hablaba conmigo, y es sólo contra los poetas hebenes.» Cayome a mí muy en gracia oírle decir esto, como si él fuera muy albillo o moscatel [28]. Dejé el prólogo y comencé el primer capítulo, que decía:

---

[26] *Güeros*: Vacíos, vanos, sin sustancia. *Chirles*: Estiércol de ganado lanar. *Hebenes*: Especie de uva blanca, que hace el racimo largo y ralo, y los granos gordos y rellenos. También se aplica, como es el caso, a las personas o cosas que son de poca sustancia o sin utilidad.

[27] *Hablara yo para mañana*: Expresión semejante a las modernas: ¡acabáramos!, ¡haberlo dicho antes!

[28] *Albillo o moscatel*: Clases de uvas por oposición a hebén.

«Atendiendo a que este género de sabandijas que llaman poetas son nuestros prójimos, y cristianos aunque malos; viendo que todo el año adoran cejas, dientes, listones[29] y zapatillas, haciendo otros pecados más inormes; mandamos que la Semana Santa recojan a todos los poetas públicos y cantoneros, como a malas mujeres, y que los prediquen sacando Cristos para convertirlos. Y para esto señalamos casas de arrepentidos.

Iten[30], advirtiendo los grandes buchornos que hay en las caniculares[31] y nunca anochecidas coplas de los poetas de sol[32], como pasas a fuerza de los soles y estrellas que gastan en hacerlas, les ponemos perpetuo silencio en las cosas del cielo, señalando meses vedados a las musas, como a la caza y pesca, porque no se agoten con la prisa que las dan.

Iten, habiendo considerado que esta seta infernal de hombres condenados a perpetuo conceto[33], despedazadores de vocablos y volteadores de razones, han pegado el dicho achaque de poesía a las mujeres, declaramos que nos tenemos por desquitados con este mal que las hemos hecho, del que nos hicieron en la manzana. Y por cuanto el siglo está pobre y necesitado, mandamos quemar las coplas de los poetas, como franjas viejas, para sacar el oro, plata y perlas, pues en los más versos hacen sus damas de todos metales, como estatuas de Nabuco»[34].

---

[29] *Listón*: Cinta de seda.

[30] *Iten*: Vulgarismo de Ídem, latinismo empleado como fórmula en textos legales.

[31] *Caniculares*: Perteneciente a la canícula, que es el período del año en que son más fuertes los calores.

[32] *Coplas de los poetas del sol*: Por lo trillado, se habían convertido en lugares comunes de la poesía las comparaciones con el sol y las estrellas. Más abajo también con burla de los símiles y metáforas a base de oro, plata y perlas.

[33] *Perpetuo concepto*: Burla sobre el lenguaje afectado y oscuro de los poetas cultistas. Es un tema satírico muy frecuente en las obras de Quevedo.

[34] *Nabuco*: Nabucodonosor.

Aquí no lo pudo sufrir el sacristán y, levantándose en pie, dijo: —«¡Mas no, sino quitarnos las haciendas! No pase v. m. adelante, que sobre eso pienso ir al Papa, y gastar lo que tengo. Bueno es que yo, que soy eclesiástico, había de padecer ese agravio. Yo probaré que las coplas del poeta clérigo no están sujetas a tal premática, y luego quiero irlo a averiguar ante la justicia.»

En parte me dio gana de reír, pero, por no detenerme, que se me hacía tarde, le dije: —«Señor, esta premática es hecha por gracia, que no tiene fuerza ni apremia, por estar falta de autoridad.» —«¡Pecador de mí!» —dijo muy alborotado—; «avisara v. m., y hubiérame ahorrado la mayor pesadumbre del mundo. ¿Sabe v. m. lo que es hallarse un hombre con ochocientas mil coplas de contado, y oír eso? Prosiga v. m., y Dios le perdone el susto que me dio.» Proseguí diciendo:

«Iten, advirtiendo que después que dejaron de ser moros —aunque todavía conservan algunas reliquias— se han metido a pastores, por lo cual andan los ganados flacos de beber sus lágrimas, chamuscados con sus ánimas encendidas, y tan embebecidos en su música, que no pacen, mandamos que dejen el tal oficio, señalando ermitas a los amigos, de soledad. Y a los demás, por ser oficio alegre y de pullas, que se acomoden en mozos de mulas.»

—«¡Algún puto, cornudo, bujarrón [35] y judío» —dijo en altas voces— «ordenó tal cosa! Y si yo supiera quién era, yo le hiciera una sátira, con tales coplas, que le pesara a él y a todos cuantos las vieran, de verlas. ¡Miren qué bien le estaría a un hombre lampiño como yo la ermita! [36] ¡O a un hombre vinajeroso y sacristando, ser mozo de mulas! Ea, señor, que

---

[35] *Bujarrón*: Sodomita.
[36] El ermitaño se caracterizaba por su gran barba, según nos informan los textos de la época.

son grandes pesadumbres ésas.» —«Ya le he dicho a v. m.» —repliqué— «que son burlas, y que las oigo como tales.»

Proseguí diciendo que «por estorbar los grandes hurtos, mandamos que no se pasen coplas de Aragón a Castilla, ni de Italia a España, so pena de andar bien vestido el poeta que tal hiciese, y, si reincidiese, de andar limpio una hora».

Esto le cayó muy en gracia, porque traía él una sotana con canas, de puro vieja, y con tantas cazcarrias que, para enterrarle, no era menester más de estregársela encima. El manteo, se podían estercolar con él dos heredades.

Y así, medio riendo, le dije que mandaban también tener entre los desesperados que se ahorcan y despeñan, y que, como a tales, no las enterrasen en sagrado, a las mujeres que se enamoran de poeta a secas. Y que, advirtiendo a la gran cosecha de redondillas, canciones y sonetos que había habido en estos años fértiles, mandaban que los legajos que por sus deméritos escapasen de las especerías, fuesen a las necesarias sin apelación.

Y, por acabar, llegué al postrer capítulo, que decía así: «Pero advirtiendo, con ojos de piedad, que hay tres géneros de gentes en la república tan sumamente miserables, que no pueden vivir sin los tales poetas como son farsantes, ciegos y sacristanes, mandamos que pueda haber algunos oficiales públicos desta arte, con tal que tengan carta de examen de los caciques de los poetas que fueren en aquellas partes. Limitando a los poetas de farsantes que no acaben los entremeses con palos ni diablos, ni las comedias en casamientos, ni hagan las trazas con papeles o cintas. Y a los ciegos, que no sucedan los casos en Tetuán, desterrándoles estos vocablos: *cristián, amada, humanal* y *pundonores*; y mandándolos que, para decir la presente obra, no digan *zozobra*. Y a los de sacristanes, que no hagan los villancicos con *Gil* ni *Pascual*, que no jueguen del vocablo, no hagan los pensamientos de tornillo, que, mudándole el nombre, se vuelvan a cada fiesta.

Y, finalmente, mandamos a todos los poetas en común, que se descarten de Júpiter, Venus, Apolo y otros dioses, so pena de que los tendrán por abogados a la hora de su muerte.»

A todos los que oyeron la premática pareció cuanto bien se puede decir, y todos me pidieron traslado de ella. Sólo el sacristanejo empezó a jurar por vida de las vísperas solemnes, *introibo* y *kiries*, que era sátira contra él, por lo que decía de los ciegos, y que él sabía mejor lo que había de hacer que nadie. Y últimamente dijo: —«Hombre soy yo que he estado en una posada con Liñán [37], y he comido más de dos veces con Espinel» [38]. Y que había estado en Madrid tan cerca de Lope de Vega como lo estaba de mí, y que había visto a don Alonso de Ercilla mil veces, y que tenía en su casa un retrato del divino Figueroa [39], y que había comprado los gregüescos [40] que dejó Padilla [41] cuando se metió fraile, y que hoy día los traía, y malos. Enseñolos, y dioles esto a todos tanta risa, que no querían salir de la posada.

Al fin, ya eran las dos, y como era forzoso el camino, salimos de Madrid. Yo me despedí dél, aunque me pesaba, y comencé a caminar para el puerto [42]. Quiso Dios que,

---

[37] *Liñán*: Pedro Liñán de Riaza, muerto en 1607, fue un poeta de bastante notoriedad en su tiempo.

[38] *Espinel*: Vicente Espinel, autor de la *Historia del Escudero Marcos de Obregón*, otra notable novela picaresca.

[39] *Figueroa*: Francisco de Figueroa (1536-1617?) era efectivamente conocido con el sobrenombre de «Divino». Hoy no conocemos más que una parte de sus poesías; parece que el autor destruyó muchas de ellas.

[40] *Gregüescos*: Calzones muy anchos en uso durante los siglos XVI y XVII.

[41] *Padilla*: Pedro de Padilla tuvo mucha fama como improvisador, se hizo carmelita (1585) y coleccionó el «Jardín Espiritual»; sin embargo, quedan de él muy escasas noticias.

[42] *Puerto*: De montaña. Es el puerto de Fuentefría, en el Guadarrama.

porque no fuese pensando en mal, me topase con un soldado. Luego trabamos plática; preguntome si venía de la Corte; dije que de paso había estado en ella. —«No está para más» —dijo luego— «que es pueblo para gente ruin. Más quiero, ¡voto a Cristo!, estar en un sitio, la nieve a la cinta, hecho un reloj[43], comiendo madera, que sufriendo las supercherías que se hacen a un hombre de bien.»

A esto le dije yo que advirtiese que en la Corte había de todo, y que estimaban mucho a cualquier hombre de suerte.

—«¿Qué estiman» —dijo muy enojado— «si he estado yo ahí seis meses pretendiendo una bandera, tras veinte años de servicios y haber perdido mi sangre en servicio del Rey, como lo dicen estas heridas?» Y enseñome una cuchillada de a palmo en las ingles, que así era de incordio como el sol es claro. Luego, en los calcañares, me enseñó otras dos señales, y dijo que eran balas; y yo saqué, por otras dos mías que tengo, que habían sido sabañones. Quitose el sombrero y mostrome el rostro; calzaba diez y seis puntos de cara[44], que tantos tenía en una cuchillada que le partía las narices. Tenía otros tres chirlos[45], que se la volvían mapa a puras líneas.

—«Éstas me dieron» —dijo— «defendiendo a París, en servicio de Dios y del Rey, por quien veo trinchado mi gesto, y no he recibido sino buenas palabras, que agora tienen lugar de malas obras. Lea estos papeles» —me dijo—, «por vida del licenciado, que no ha salido en campaña, ¡voto a Cristo!, hombre, ¡vive Dios!, tan señalado.» Y decía verdad, porque lo estaba a puros golpes.

Comenzó a sacar cañones de hoja de lata[46] y a enseñarme papeles, que debían de ser de otro a quien había tomado el

---

[43] *Hecho un reloj*: Armado y con ademán fiero. Es comparación frecuente entonces con las figuras de los relojes de torre.

[44] *Calzaba diez y seis puntos de cara*: Tenía diez y seis puntos de sutura.

[45] *Chirlos*: Señales o cicatrices que dejan las cuchilladas después de curadas.

[46] *Cañones de hoja de lata*: Tubos de hoja de lata en los que los soldados acostumbraban a llevar los papeles.

nombre. Yo los leí, y dije mil cosas en su alabanza, y que el Cid ni Bernardo no habían hecho lo que él. Saltó en esto, y dijo: —«¿Cómo lo que yo? ¡Voto a Dios!, ni lo que García de Paredes, Julián Romero [47] y otros hombres de bien, ¡pese al diablo! Sé que entonces no había artillería, ¡voto a Dios!, que no hubiera Bernardo para un hora en este tiempo. Pregunte v. m. en Flandes por la hazaña del Mellado, y verá lo que le dicen.» —«¿Es v. m. acaso?», le dije yo; y él respondió: —«¿Pues qué otro? ¿No me ve la mella que tengo en los dientes? No tratemos desto, que parece mal alabarse el hombre.»

Yendo en estas conversaciones, topamos en un borrico un ermitaño, con una barba tan larga, que hacía lodos con ella, macilento y vestido de paño pardo. Saludamos con el *Deo gracias* acostumbrado, y empezó a alabar los trigos y, en ellos, la misericordia del Señor. Saltó el soldado, y dijo:

—«¡Ah, padre!, más espesas he visto yo las picas [48] sobre mí, y, ¡voto a Cristo!, que hice en el saco de Amberes lo que pude; sí, ¡juro a Dios!» El ermitaño le reprehendió que no jurase tanto, a lo cual dijo: —«Padre, bien se echa de ver que no es soldado, pues me reprehende mi propio oficio». [49] Diome a mí gran risa de ver en lo que ponía la soldadesca, y eché de ver que era algún picarón gallina, porque ya entre soldados no hay costumbre más aborrecida de los de más importancia, cuando no de todos.

Llegamos a la falda del puerto, el ermitaño rezando el rosario en una carga de leña hecha bolas, de manera que, a cada avemaría, sonaba un cabe [50]; el soldado iba comparando

---

[47] *García de Paredes*: Diego García de Paredes (1466-1530) fue famoso por sus fuerzas, conocido por su intervención en las guerras de Italia. *Julián Romero*, maestre de campo de Flandes, con don Luis de Requeséns (1573).

[48] *Picas*: Lanzas largas que usaron los soldados de infantería.

[49] Es un tópico antiguo el que los soldados tienen fama de jurar y renegar en demasía.

[50] *Cabe*: Golpe que un bolo pega a otro. Nótese lo exagerado de la comparación para expresar el tamaño del rosario.

las peñas a los castillos que había visto, y mirando cuál lugar era fuerte y adónde se había de plantar la artillería. Yo los iba mirando; y tanto temía el rosario del ermitaño, con las cuentas frisonas, como las mentiras del soldado. —«¡Oh, cómo volaría yo con pólvora gran parte deste puerto —decía—, y hiciera buena obra a los caminantes!»

En estas y otras conversaciones, llegamos a Cercedilla. Entramos en la posada todos tres juntos, ya anochecido; mandamos aderezar la cena —era viernes—, y, entre tanto, el ermitaño dijo: —«Entretengámonos un rato, que la ociosidad es madre de los vicios; juguemos avemarías.» Y dejó caer de la manga el descuadernado[51]. Diome a mí gran risa el ver aquello, considerando en las cuentas. El soldado dijo: —«No, sino juguemos hasta cien reales que yo traigo, en amistad.» Yo, cudicioso, dije que jugaría otros tantos, y el ermitaño, por no hacer mal tercio, acetó y dijo que allí llevaba el aceite de la lámpara, que eran hasta doscientos reales. Yo confieso que pensé ser su lechuza y bebérsele, pero así le sucedan todos sus intentos al turco.

Fue el juego al parar[52], y lo bueno fue que dijo que no sabía el juego, y hizo que se le enseñásemos. Dejonos el bienaventurado hacer dos manos, y luego nos la dio tal, que no dejó blanca en la mesa. Heredonos en vida; retiraba el ladrón con las ancas de la mano que era lástima. Perdía una sencilla, y acertaba doce maliciosas[53]. El soldado echaba a cada suerte doce *votos* y otros tantos *peses*, aforrados en *por vidas*. Yo me comí las uñas, y el fraile ocupaba las suyas en mi moneda. No dejaba santo que no llamaba; nuestras car-

---

[51]   *El descuadernado*: La baraja.

[52]   *Parar*: Juego de azar, en el que uno pone el dinero contra el otro, y gana el primero que hace pareja con las que van saliendo de la baraja.

[53]   *Sencilla y maliciosa*: Calificativos que sirven en el juego para designar las posturas que van con poco dinero y las que van cargadas, respectivamente.

tas eran como el Mesías, que nunca venían y las aguardábamos siempre.

Acabó de pelarnos; quisímosle jugar sobre prendas, y él, tras haberme ganado a mí seiscientos reales, que era lo que llevaba, y al soldado los ciento, dijo que aquello era entretenimiento, y que éramos prójimos, y que no había de tratar de otra cosa. —«No juren» —decía—, «que a mí, porque me encomendaba a Dios, me ha sucedido bien.» Y como nosotros no sabíamos la habilidad que tenía de los dedos a la muñeca, creímoslo, y el soldado juró de no jurar más, y yo de la misma suerte. — «¡Pesia tal!» —decía el pobre alférez, que él me dijo entonces que lo era—, «entre luteranos y moros me he visto, pero no he padecido tal despojo.»

Él se reía a todo esto. Tornó a sacar el rosario para rezar. Yo, que no tenía ya blanca, pedile que me diese de cenar, y que pagase hasta Segovia la posada por los dos, que íbamos *in puribus* [54]. Prometió hacerlo. Metiose sesenta güevos (¡no vi tal en mi vida!). Dijo que se iba a acostar.

Dormimos todos en una sala con otra gente que estaba allí, porque los aposentos estaban tomados para otros. Yo me acosté con harta tristeza; y el soldado llamó al huésped, y le encomendó sus papeles en las cajas de lata que los traía, y un envoltorio de camisas jubiladas. Acostámonos; el padre se persinó, y nosotros nos santiguamos dél. Durmió; yo estuve desvelado, trazando cómo quitarle el dinero. El soldado hablaba entre sueños de los cien reales, como si no estuvieran sin remedio.

Hízose hora de levantar, pedí yo luz muy aprisa; trujéronla, y el huésped el envoltorio al soldado, y olvidáronsele los papeles. El pobre alférez hundió la casa a gritos, pidiendo que le diese los servicios [55]. El huésped se turbó, y,

---

[54] *In puribus*: En cueros, sin nada.
[55] *Servicios*: Papeles en los que constaban sus servicios militares. Muy distinta es la acepción que entiende el huésped.

como todos decíamos que se los diese, fue corriendo y trujo tres bacines [56] diciendo: —«He ahí para cada uno el suyo. ¿Quieren más servicio?»; que él entendió que nos habían dado cámaras [57]. Aquí fue ella, que se levantó el soldado con la espada tras el huésped, en camisa, jurando que le había de matar porque hacía burla dél, que se había hallado en la Naval [58], San Quintín y otras, trayendo servicios en lugar de los papeles que le había dado. Todos salimos tras él a tenerle, y aun no podíamos. Decía el huésped: —«Señor, su merced pidió servicios; yo no estoy obligado a saber que, en lengua soldada, se llaman así los papeles de las hazañas.» Apaciguámoslos, y tornamos al aposento.

El ermitaño, receloso, se quedó en la cama, diciendo que le había hecho mal el susto. Pagó por nosotros, y salimos del pueblo para el puerto, enfadados del término del ermitaño, y de ver que no le habíamos podido quitar el dinero.

Topamos con un ginovés, digo con uno destos antecristos de las monedas de España, que subía el puerto con un paje detrás, y él con su guardasol, muy a lo dineroso. Trabamos conversación con él; todo lo llevaba a materia de maravedís, que es gente que naturalmente nació para bolsas. Comenzó a nombrar a Visanzón, y si era bien dar dineros o no a Visanzón, tanto que el soldado y yo le preguntamos que quién era aquel caballero. A lo cual respondió, riéndose: —«Es un pueblo de Italia, donde se juntan los hombres de negocios» —que acá llamamos fulleros de pluma—, «a poner los precios por donde se gobierna la moneda.» De lo cual sacamos que, en Visanzón, se lleva el compás a los músicos de uña [59].

---

[56] *Bacín*: Vaso de barro vidriado, alto y cilíndrico, que sirve para recibir los excrementos mayores del cuerpo humano.
[57] *Cámaras*: Diarrea.
[58] *La Naval*: Por antonomasia, era la batalla de Lepanto.
[59] *Músicos de uña*: Ladrones.

Entretúvonos el camino contando que estaba perdido porque había quebrado un cambio, que le tenía más de sesenta mil escudos. Y todo lo juraba por su conciencia; aunque yo pienso que conciencia en mercader es como virgo en cantonera[60], que se vende sin haberle. Nadie, casi, tiene conciencia, de todos los deste trato; porque, como oyen decir que muerde por muy poco, han dado en dejarla con el ombligo en naciendo.

En estas pláticas, vimos los muros de Segovia, y a mí se me alegraron los ojos, a pesar de la memoria, que, con los sucesos de Cabra, me contradecía el contento. Llegué al pueblo y, a la entrada, vi a mi padre en el camino, aguardando ir en bolsas, hecho cuartos, a Josafad[61]. Enternecime, y entré algo desconocido de como salí, con punta de barba, bien vestido.

Dejé la compañía; y, considerando en quién conocería a mi tío —fuera del rollo— mejor en el pueblo, no hallé nadie de quien echar mano. Llegueme a mucha gente a preguntar por Alonso Ramplón, y nadie me daba razón dél, diciendo que no le conocían. Holgué mucho de ver tantos hombres de bien en mi pueblo, cuando, estando en esto, oí al precursor de la penca[62] hacer de garganta, y a mi tío de las suyas. Venía una procesión de desnudos, todos descaperuzados, delante de mi tío, y él, muy haciéndose de pencas[63], con una en la mano, tocando un pasacalles públicas en las costillas de cinco laúdes, sino que llevaban sogas por cuerdas. Yo, que

---

[60] *Cantonera*: Mujer pública que anda de esquina en esquina atrayendo a los hombres.

[61] *Josafat*: Josafat, valle de Palestina, donde tendrá lugar, según la tradición bíblica, el Juicio Final.

[62] *Precursor de la penca*: El pregonero, que iba delante de los azotados y del verdugo pregonando el delito; *penca* se llama el azote del verdugo, por ser ancha como la penca del cardo.

[63] *Haciéndose de pencas*: Los azotados le habían sobornado para que les diese azotes *de amigo*.

estaba notando esto con un hombre a quien había dicho, preguntando por él, que era yo un gran caballero, veo a mi buen tío que, echando en mí los ojos —por pasar cerca—, arremetió a abrazarme, llamándome sobrino. Penséme morir de vergüenza; no volví a despedirme de aquél con quien estaba.

Fuime con él, y díjome: —«Aquí te podrás ir, mientras cumplo con esta gente; que ya vamos de vuelta, y hoy comerás conmigo.» Yo que me vi a caballo, y que en aquella sarta parecería punto menos de azotado, dije que le aguardaría allí; y así, me aparté tan avergonzado, que, a no depender dél la cobranza de mi hacienda, no le hablara más en mi vida ni pareciera entre gentes.

Acabó de repasarles las espaldas, volvió, y llevome a su casa, donde me apeé y comimos.

CAPÍTULO IV

Del hospedaje de mi tío, y visitas, la cobranza de mi hacienda y vuelta a la corte

Tenía mi buen tío su alojamiento junto al matadero, en casa de un aguador[64]. Entramos en ella, y díjome: —«No es alcázar la posada, pero yo os prometo, sobrino, que es a propósito para dar expediente a mis negocios.» Subimos por una escalera, que sólo aguardé a ver lo que me sucedía en lo alto, para si se diferenciaba en algo a la de la horca.

Entramos en un aposento tan bajo, que andábamos por él como quien recibe bendiciones, con las cabezas bajas. Colgó la penca en un clavo, que estaba con otros de que colgaban cordeles, lazos, cuchillos, escarpias[65] y otras herramientas del oficio. Díjome que por qué no me quitaba el manteo y me sentaba; yo le dije que no lo tenía de costumbre. Dios sabe cuál estaba de ver la infamia de mi tío, el cual me dijo que había tenido ventura en topar con él en tan buena ocasión, porque comería bien, que tenía convidados unos amigos.

En esto, entró por la puerta, con una ropa hasta los pies, morada, uno de los que piden para las ánimas, y haciendo

---

[64] *Aguador*: El que tiene por oficio llevar o vender agua.
[65] *Escarpias*: Clavo con cabeza acodillada, que sirve para sujetar bien lo que se cuelga.

son con la cajita, dijo: —«Tanto me han valido a mí las ánimas hoy, como a ti los azotados: encaja.» Hiciéronse la mamona[66] el uno al otro. Arremangose el desalmado animero el sayazo, y quedó con unas piernas zambas en gregüescos de lienzo, y empezó a bailar y decir que si había venido Clemente. Dijo mi tío que no, cuando, Dios y enhorabuena, devanado en un trapo, y con unos zuecos, entró un chirimía[67] de la bellota, digo, un porquero. Conocile por el —hablando con perdón— cuerno que traía en la mano; y para andar al uso, sólo erró en no traelle encima de la cabeza.

Saludónos a su manera, y tras él entró un mulato zurdo y bizco, un sombrero con más falda que un monte y más copa que un nogal, la espada con más gavilanes que la caza del Rey, un coleto de ante. Traía la cara de punto, porque a puros chirlos la tenía toda hilvanada.

Entró y sentose, saludando a los de casa; y a mi tío le dijo: —«A fe, Alonso, que lo han pagado bien el Romo y el Garroso.» Saltó el de las ánimas, y dijo: —«Cuatro ducados di yo a Flechilla, verdugo de Ocaña, porque aguijase el burro, y porque no llevase la penca de tres suelas, cuando me palmearon.» —«¡Vive Dios!» —dijo el corchete—, «que se lo pagué yo sobrado a Lobrezno en Murcia, porque iba el borrico que remedaba[68] el paso de la tortuga, y el bellaco me los asentó de manera que no se levantaron sino ronchas.» Y el porquero, concomiéndose, dijo: —«Con virgo están mis espaldas.» —«A cada puerco le viene su San Martín», dijo el demandador. —«De eso me puedo alabar yo» —dijo mi buen

---

[66] *Mamona*: Vulgarmente (como mamola) se toma por una postura de los cinco dedos de la mano en el rostro de otro, y por menosprecio se suele decir que le hizo la mamona. Se dio este nombre porque el ama, cuando da la teta al niño, suele con los dedos recogerla para que salga la leche.

[67] *Chirimía*: Instrumento musical de viento, hecho de madera a modo de clarinete, de unos siete centímetros de largo, con diez agujeros. Se llama también así al que la toca.

[68] *Remedaba*: Imitaba.

tío— «entre cuantos manejan la zurriaga [69], que, al que se me encomienda, hago lo que debo. Sesenta me dieron los de hoy, y llevaron unos azotes de amigo, con penca sencilla.»

Yo que vi cuán honrada gente era la que hablaba mi tío, confieso que me puse colorado, de suerte que no pude disimular la vergüenza. Echómelo de ver el corchete, y dijo: —«¿Es el padre el que padeció el otro día, a quien se dieron ciertos empujones en el envés?» [70]. Yo respondí que no era hombre que padecía como ellos. En efecto, se levantó mi tío y dijo: —«Es mi sobrino, maeso [71] en Alcalá, gran supuesto» [72]. Pidiéronme perdón, y ofreciéronme toda caricia.

Yo rabiaba ya por comer, y por cobrar mi hacienda y huir de mi tío. Pusieron las mesas; y por una soguilla, en un sombrero, como suben la limosna los de la cárcel, subían la comida de un bodegón que estaba a las espaldas de la casa, en unos mendrugos de platos y retacillos de cántaros y tinajas. No podrá nadie encarecer mi sentimiento y afrenta. Sentáronse a comer, en cabecera el demandador, y los demás sin orden. No quiero decir lo que comimos; sólo, que eran todas cosas para beber. Sorbiose el corchete tres de puro tinto. Brindome a mí el porquero; me las cogía al vuelo, y hacía más razones que decíamos todos. No había memoria de agua, y menos voluntad della.

Parecieron en la mesa cinco pasteles de a cuatro. Y tomando un hisopo, después de haber quitado las hojaldres, dijeron un responso todos, con su *requiem eternam*, por el ánima del difunto cuyas eran aquellas carnes [73]. Dijo mi tío:

---

[69] *Zurriaga*: Látigo con que se castiga o zurra, suele ser de cuero, cordel o cosa semejante.

[70] *Empujones en el envés*: Azotes.

[71] *Maeso*: Maestro.

[72] *Supuestos*: Personas de alta posición o suposición.

[73] Parece querer decir que el porquero aprovechaba la mínima ocasión que tenía para volver a beber, y bebía correspondiendo —hacer razón— más que razones decíamos nosotros.

—«Ya os acordáis, sobrino, lo que os escribí de vuestro padre.» Vínoseme a la memoria; ellos comieron, pero yo pasé con los suelos solos, y quedéme con la costumbre; y así, siempre que como pasteles, rezo una avemaría por el que Dios haya.

Menudeose sobre dos jarros; y era de suerte lo que hicieron el corchete y el de las ánimas, que se pusieron las suyas tales, que, trayendo un plato de salchichas que parecía de dedos de negro, dijo uno que para qué traían pebetes [74] guisados. Ya mi tío estaba tal, que, alargando la mano y asiendo una, dijo, con la voz algo áspera y ronca, el un ojo medio acostado, y el otro nadando en mosto: —«Sobrino, por este pan de Dios que crió a su imagen y semejanza, que no he comido en mi vida mejor carne tinta.» Yo que vi al corchete que, alargando la mano, tomó el salero y dijo: —«Caliente está este caldo», y que el porquero se llevó el puño de sal, diciendo: —«Es bueno el avisillo para beber» [75], y se lo choçló en la boca, comencé a reír por una parte, y a rabiar por otra.

Trujeron caldo, y el de las ánimas tomó con entrambas manos una escudilla, diciendo: —«Dios bendijo la limpieza»; y alzándola para sorberla, por llevarla a la boca, se la puso en el carrillo, y, volándola, se asó en caldo, y se puso todo de arriba abajo que era vergüenza. Él, que se vio así, fuese a levantar, y como pesaba algo la cabeza, quiso ahirmar [76] sobre la mesa, que era destas movedizas; trastornola, y manchó a los demás; y tras esto decía que el porquero le había empujado. El porquero que vio que el otro se le caía encima, levantose, y alzando el instrumento de güeso, le dio con él una trompetada. Asiéronse a puños, y, estando juntos

---

[74] *Pebetes*: Pasta hecha con polvos aromáticos, regularmente en forma de varilla, que encendida exhala un humo muy fragante.

[75] *Avisillo para beber*: Aperitivo, algo que incite o justifique el beber.

[76] *Ahirmar*: Afirmar.

los dos, y teniéndole el demandador mordido de un carrillo, con los vuelcos y alteración, el porquero vomitó cuanto había comido en las barbas del de la demanda. Mi tío, que estaba más en juicio, decía que quién había traído a su casa tantos clérigos[77].

Yo que los vi que ya, en suma, multiplicaban, metí en paz la brega, desasí a los dos, y levanté del suelo al corchete, el cual estaba llorando con gran tristeza; eché a mi tío en la cama, el cual hizo cortesía a un velador de palo que tenía, pensando que era convidado; quité el cuerno al porquero, el cual, ya que dormían los otros, no había hacerle callar, diciendo que le diesen su cuerno, porque no había habido jamás quien supiese en él más tonadas, y que él quería tañer con el órgano. Al fin, yo no me aparté dellos hasta que vi que dormían.

Salime de casa; entretúveme en ver mi tierra toda la tarde, pasé por la casa de Cabra, tuve nueva de que ya era muerto, y no cuidé de preguntar de qué, sabiendo que hay hambre en el mundo.

Torné a casa a la noche, habiendo pasado cuatro horas, y hallé al uno despierto y que andaba a gatas por el aposento buscando la puerta, y diciendo que se les había perdido la casa. Levantele, y dejé dormir a los demás hasta las once de la noche que despertaron; y, esperezándose, preguntó mi tío que qué hora era. Respondió el porquero —que aún no la había desollado[78]— que no era nada sino la siesta, y que hacía grandes bochornos. El demandador, como pudo, dijo que le diesen su cajilla: —«Mucho han holgado las ánimas para tener a su cargo mi sustento»; y fuese, en lugar de ir a la puerta, a la ventana; y, como vio estrellas, comenzó a llamar

---

[77] El tío confunde a Pablos, vestido de estudiante, de manteo, con un clérigo. El sentido de la frase es que el verdugo no sólo «suma» (ve doble), sino que «multiplica» (tantos clérigos).

[78] *Que aún no la había desollado*: No había dormido la borrachera.

a los otros con grandes voces, diciendo que el cielo estaba estrellado a mediodía, y que había un gran eclipse. Santiguáronse todos y besaron la tierra.

Yo que vi la bellaquería del demandador, escandaliceme mucho, y propuse de guardarme de semejantes hombres. Con estas vilezas e infamias que veía yo, ya me crecía por puntos el deseo de verme entre gente principal y caballeros. Despachelos a todos uno por uno lo mejor que pude, acosté a mi tío, que, aunque no tenía zorra[79], tenía raposa, y yo acomodeme sobre mis vestidos y algunas ropas de los que Dios tenga, que estaban por allí.

Pasamos desta manera la noche; a la mañana, traté con mi tío de reconocer mi hacienda y cobralla. Despertó diciendo que estaba molido, y que no sabía de qué. El aposento estaba, parte con las enjaguaduras de las monas, parte con las aguas que habían hecho de no beberlas, hecho una taberna de vinos de retorno. Levantose, tratamos largo en mis cosas, y tuve harto trabajo por ser hombre tan borracho y rústico. Al fin, le reduje a que me diera noticia de parte de mi hacienda, aunque no de toda, y así, me la dio de unos trecientos ducados que mi buen padre había ganado por sus puños, y dejándolos en confianza de una buena mujer a cuya sombra se hurtaba diez leguas a la redonda.

Por no cansar a v. m., vengo a decir que cobré y embolsé mi dinero, el cual mi tío no había bebido ni gastado, que fue harto para ser hombre de tan poca razón, porque pensaba que yo me graduaría con éste, y que, estudiando, podría ser cardenal, que, como estaba en su mano hacerlos, no lo tenía por dificultoso. Díjome, en viendo que los tenía: —«Hijo Pablos, mucha culpa tendrás si no medras y eres bueno, pues tienes a quién parecer. Dinero llevas; yo no te he de faltar,

---

[79] *Zorra*: Borrachera.

que cuanto sirvo y cuanto tengo, para ti lo quiero.» Agradecile mucho la oferta.

Gastamos el día en pláticas desatinadas y en pagar las visitas a los personajes dichos. Pasaron la tarde en jugar a la taba [80] mi tío, el porquero y demandador. Éste jugaba misas como si fuera otra cosa. Era de ver cómo se barajaban la taba: cogiéndola en el aire al que la echaba, y meciéndola en la muñeca, se la tornaban a dar. Sacaban de taba como de naipe, para la fábrica [81] de la sed, porque había siempre un jarro en medio.

Vino la noche; ellos se fueron; acostámonos mi tío y yo cada uno en su cama, que ya había prevenido para mí un colchón. Amaneció y, antes que él despertase, yo me levanté y me fui a una posada, sin que me sintiese; torné a cerrar la puerta por defuera, y echele la llave por una gatera [82].

Como he dicho, me fui a un mesón a esconder y aguardar comodidad para ir a la corte. Dejele en el aposento una carta cerrada, que contenía mi ida y las causas, avisándole que no me buscase, porque eternamente no lo había de ver.

---

[80] *Taba*: El astrágalo, uno de los huesos del tarso que está articulado con la tibia y el peroné. El juego de la taba emplea huesos de carnero que se tiran al aire, y se gana si al caer queda arriba el lado llamado carne.

[81] *Fábrica*: Es el fondo que suele haber en las iglesias para los gastos del culto. Otra broma a base de cosas eclesiásticas.

[82] *Gatera*: Agujero que se hace en pared, tejado o puerta para que puedan entrar y salir los gatos, o con otros fines.

CAPÍTULO V

De mi huida, y los sucesos en ella hasta la corte

Partía aquella mañana del mesón un arriero con cargas a la corte. Llevaba un jumento [83], alquilómele, y salime a aguardarle a la puerta fuera del lugar. Salió, espeteme en el dicho, y empecé mi jornada. Iba entre mí diciendo: —«Allá quedaras, bellaco, deshonrabuenos, jinete de gaznates» [84].

Consideraba yo que iba a la corte, adonde nadie me conocía —que era la cosa que más me consolaba—, y que había de valerme por mi habilidad allí. Propuse de colgar los hábitos en llegando, y de sacar vestidos nuevos cortos al uso. Pero volvamos a las cosas que el dicho mi tío hacía, ofendido con la carta, que decía en esta forma:

«Señor Alonso Ramplón: Tras haberme Dios hecho tan señaladas mercedes como quitarme de delante a mi buen padre y tener a mi madre en Toledo, donde, por lo menos, sé que hará humo, no me faltaba sino ver hacer en v. m. lo que en otros hace. Yo pretendo ser uno de mi linaje, que dos es imposible, si no vengo a sus manos, y trinchándome, como hace a otros. No pregunte por mí, ni me nombre, porque me importa negar la sangre que tenemos. Sirva al Rey, y adiós.»

---

[83] *Jumento*: Pollino, asno, burro.
[84] *Jinete de gaznates*: Le llama así porque en las ejecuciones el verdugo se montaba sobre los hombros del ahorcado para hacer peso y abreviar el suplicio.

No hay que encarecer las blasfemias y oprobios [85] que diría contra mí. Volvamos a mi camino. Yo iba caballero en el rucio de la Mancha [86], y bien deseoso de no topar nadie, cuando desde lejos vi venir un hidalgo de portante [87], con su capa puesta, espada ceñida, calzas atacadas [88] y botas, y al parecer bien puesto, el cuello abierto, el sombrero de lado. Sospeché que era algún caballero que dejaba atrás su coche; y así, emparejando, le saludé.

Miróme y dijo: —«Irá v. m., señor licenciado, en ese borrico con harto más descanso que yo con todo mi aparato.» Yo, que entendí que lo decía por coche y criados que dejaba atrás, dije: —«En verdad, señor, que lo tengo por más apacible caminar que el del coche, porque aunque v. m. vendrá en el que trae detrás con regalo, aquellos vuelcos que da, inquietan.» —«¿Cuál coche detrás?», dijo él muy alborotado. Y, al volver atrás, como hizo fuerza se le cayeron las calzas, porque se le rompió una agujeta que traía, la cual era tan sola que, tras verme muerto de risa de verle, me pidió una prestada. Yo que vi que, de la camisa, no se vía sino una ceja, y que traía tapado el rabo de medio ojo [89], me dije: —«Por Dios, señor, si v. m. no aguarda a sus criados, yo no puedo socorrerle, porque vengo también atacado únicamente.» —«Si hace v. m. burla» —dijo él, con las

---

[85] *Oprobio*: Ignominias, afrentas, deshonras.

[86] *Rucio de la Mancha*: Puede ser una alusión al asno de Sancho o simplemente al color del pelo del asno del escudero de don Quijote.

[87] *De portante*: A buen paso, de prisa. Se llamaba portante al paso ligero de las caballerías. El hidalgo iba a pie.

[88] *Calzas atacadas*: Atadas con agujetas. Se llamaba *agujeta* la cinta que tiene dos cabos de metal, que, como aguja, entra por los agujeros. Las *calzas* era una prenda de vestir que, según los tiempos, cubría, ciñéndolos, el muslo y la pierna o bien, en forma holgada, sólo muslo, o la mayor parte de él.

[89] *Tapado el rabo de medio ojo*: La interpretación más correcta de toda la frase sería que el hidalgo no tenía camisa y, sin embargo, llevaba un gran cuello que le tapaba un ojo.

cachondas[90] en la mano—, «vaya, porque no entiendo eso de los criados.»

Y aclaróseme tanto en materia de ser pobre, que me confesó, a media legua que anduvimos, que si no le hacía merced de dejarle subir en el borrico un rato, no le era posible pasar adelante, por ir cansado de caminar con las bragas en los puños; y, movido a compasión, me apeé; y, como él no podía soltar las calzas, húbele yo de subir. Y espantome lo que descubrí en el tocamiento, porque, por la parte de atrás que cubría la capa, traía las cuchilladas[91] con entretelas de nalga pura. Él, que sintió lo que le había visto, como discreto, se previno diciendo: —«Señor licenciado, no es oro todo lo que reluce. Debiole parecer a v. m., en viendo el cuello abierto[92] y mi presencia, que era un conde de Irlos[93]. Como destas hojaldres cubren en el mundo lo que v. m. ha tentado.»

Yo le dije que le aseguraba de que me había persuadido a muy diferentes cosas de las que veía. —«Pues aún no ha visto nada v. m.» —replicó—, «que hay tanto que ver en mí como tengo, porque nada cubro. Veme aquí v. m. un hidalgo hecho y derecho, de casa de solar montañés, que, si como sustento la nobleza, me sustentara, no hubiera más que pedir. Pero ya, señor licenciado, sin pan y carne, no se sustenta buena sangre, y por la misericordia de Dios, todos la tienen colorada, y no puede ser hijo de algo[94] el que no tiene nada. Ya he caído en la cuenta de las ejecutorias, después que,

---

[90]   *Cachondas*: Vulgarismo para nombrar las calzas.
[91]   *Cuchilladas*: Las cuchilladas de las calzas, mangas y otras prendas eran aberturas hechas a trechos en la tela, debajo de las cuales se ponía un tejido de otro color.
[92]   *El cuello abierto*: Se trata de los cuellos apanalados, llamados abiertos, como los que vemos en los caballeros retratados por el Greco. Era prenda de lujo.
[93]   *Conde de Irlos*: Fue personaje del Romancero.
[94]   *Hijo de algo*: Hijodalgo, hidalgo.

hallándome en ayunas un día, no me quisieron dar sobre ella en un bodegón dos tajadas; pues, ¡decir que no tiene letras de oro! Pero más valiera el oro en las píldoras que en las letras, y de más provecho es. Y, con todo, hay muy pocas letras con oro. He vendido hasta mi sepultura, por no tener sobre qué caer muerto, que la hacienda de mi padre Toribio Rodríguez Vallejo Gómez de Ampuero» —que todos estos nombres tenía—, «se perdió en una fianza. Sólo el *don* me ha quedado por vender, y soy tan desgraciado que no hallo nadie con necesidad dél[95], pues quien no le tiene por ante, le tiene por postre, como el remendón, azadón, pendón, blandón, bordón y otros así.»

Confieso que, aunque iban mezcladas con risa, las calamidades del dicho hidalgo me enternecieron. Preguntele cómo se llamaba, y adónde iba y a qué. Dijo que todos los nombres de su padre: don Toribio Rodríguez Vallejo Gómez de Ampuero y Jordán. No se vio jamás nombre tan campanudo, porque acababa en *dan* y empezaba en *don*, como son de badajo. Tras esto dijo que iba a la corte, porque un mayorazgo[96] roído como él, en un pueblo corto, olía mal a dos días, y no se podía sustentar, y que por eso se iba a la patria común, adonde caben todos, y adonde hay mesas francas para estómagos aventureros. —«Y nunca, cuando entro en ella, me faltan cien reales en la bolsa, cama, de comer y refocilo[97] de lo vedado, porque la industria en la corte es piedra filosofal, que vuelve en oro cuanto toca.»

Yo vi el cielo abierto, y en son de entretenimiento para el camino, le rogué que me contase cómo y con quiénes y de

---

[95] *No hallo nadie con necesidad dél*: Son frecuentísimas en la literatura de la época, las sátiras contra los que usaban el *don* sin corresponderles.

[96] *Mayorazgo*: Institución de derecho civil que tenía por objeto perpetuar en la familia la propiedad de ciertos bienes; también se denomina así al hijo mayor de una persona que goza y posee mayorazgo.

[97] *Refocilo*: Acción y efecto de recrear, alegrar.

qué manera viven en la corte los que no tenían, como él. Porque me parecía dificultoso en este tiempo, que no sólo se contenta cada uno con sus cosas, sino que aun solicitan las ajenas. —«Muchos hay de esos» —dijo—, «y muchos de estotros. Es la lisonja llave maestra, que abre a todas voluntades en tales pueblos. Y porque no se le haga dificultoso lo que digo, oiga mis sucesos y mis trazas, y se asegurará de esa duda.»

CAPÍTULO VI

En que prosigue el camino y lo prometido de su vida y costumbres

—«Lo primero ha de saber que en la corte hay siempre el más necio y el más sabio, más rico y más pobre, y los extremos de todas las cosas; que disimula los malos y esconde los buenos, y que en ella hay unos géneros de gentes como yo, que no se les conoce raíz ni mueble, ni otra cepa de la que decienden los tales. Entre nosotros nos diferenciamos con diferentes nombres; unos nos llamamos caballeros hebenes; otros, güeros, chanflones [98], chirles, traspillados [99] y caninos [100].

Es nuestra abogada la industria; pagamos las más veces los estómagos de vacío, que es gran trabajo traer la comida en manos ajenas. Somos susto de los banquetes, polilla de los bodegones y convidados por fuerza. Sustentámonos así del aire, y andamos contentos. Somos gente que comemos un puerro [101], y representamos un capón. Entrará uno a visitarnos en nuestras casas, y hallará nuestros aposentos llenos de güesos de carnero y aves, mondaduras de frutas, la puerta embarazada con plumas y pellejos de gazapos; todo lo cual

---

[98] *Chanflón*: Adjetivo que se aplicaba a la moneda falsa o falta de ley.
[99] *Traspillado*: Extenuado, muerto de hambre, desvanecido.
[100] *Canino*: Hambriento, voraz.
[101] *Puerro*: Hierba cuyo bulbo es comestible, aunque es de muy baja calidad.

cogemos de parte de noche por el pueblo, para honrarnos con ello de día. Reñimos en entrando el huésped: —"¿Es posible que no he de ser yo poderoso para que barra esa moza? Perdone v. m., que han comido aquí unos amigos, y estos criados...", etc. Quien no nos conoce cree que es así, y pasa por convite.

Pues, ¿qué diré del modo de comer en casas ajenas? En hablando a uno media vez, sabemos su casa, vámosle a ver, y siempre a la hora de mascar, que se sepa que está en la mesa. Decimos que nos llevan sus amores, porque tal entendimiento, etc. Si nos preguntan si hemos comido, si ellos no han empezado decimos que no; si nos convidan, no aguardamos a segundo embite, porque destas aguardadas nos han sucedido grandes vigilias. Si han empezado, decimos que sí; y aunque parta muy bien el ave, pan o carne el que fuere, para tomar ocasión de engullir un bocado, decimos: "Ahora deje v. m., que le quiero servir de maestresala, que solía, Dios le tenga en el cielo —y nombramos un señor muerto, duque o conde—, gustar más de verme partir que de comer." Diciendo esto, tomamos el cuchillo y partimos bocaditos, y al cabo decimos: —"¡Oh, qué bien güele! Cierto que haría agravio a la guisandera en no probarlo. ¡Qué buena mano tiene!" Y diciendo y haciendo, va en pruebas el medio plato: el nabo por ser nabo, el tocino por ser tocino, y todo por lo que es. Cuando esto nos falta, ya tenemos sopa de algún convento [102] aplazada; no la tomamos en público, sino a lo escondido, haciendo creer a los frailes que es más devoción que necesidad.

Es de ver uno de nosotros en una casa de juego, con el cuidado que sirve y despabila las velas, trae orinales, cómo

---

[102] *Sopa de algún convento*: Los conventos solían dar a horas fijas, a los pobres que libremente acudían, una sopa que se llamaba *boba*, por ser la mayor parte de ella pan y caldo.

126

mete naipes y solemniza las cosas del que gana, todo por un triste real de barato [103].

Tenemos de memoria, para lo que toca a vestirnos, toda la ropería vieja. Y como en otras partes hay hora señalada para oración, la tenemos nosotros para remendarnos. Son de ver, a las mañanas, las diversidades de cosas que sanamos; que, como tenemos por enemigo declarado al sol, por cuanto nos descubre los remiendos, puntadas y trapos, nos ponemos, abiertas las piernas, a la mañana, a su rayo, y en la sombra del suelo vemos las que hacen los andrajos y hilachas de las entrepiernas, y con unas tijeras las hacemos la barba a las calzas.

Y como siempre se gastan tanto las entrepiernas, es de ver cómo quitamos cuchilladas de atrás para poblar lo de adelante; y solemos traer la trasera tan pacífica, por falta de cuchilladas, que se queda en las puras bayetas. Sábelo sola la capa, y guardámonos de días de aire, y de subir por escaleras claras o a caballo. Estudiamos posturas contra la luz, pues, en día claro, andamos las piernas muy juntas, y hacemos las reverencias con solos los tobillos, porque, si se abren las rodillas, se verá el ventanaje.

No hay cosa en todos nuestros cuerpos que no haya sido otra cosa y no tenga historia. *Verbi gratia*: bien ve v. m. —dijo— esta ropilla; pues primero fue gregüescos, nieta de una capa y bisnieta de un capuz [104], que fue en su principio, y ahora espera salir para soletas [105] y otras cosas. Los escarpines [106], primero son pañizuelos, habiendo sido toallas, y antes camisas, hijas de sábanas; y después de todo, los aprovechamos para papel,

---

[103]   *Barato*: Sacar los que juegan, del montón común o del suyo, para dar a los que sirven o asisten al juego.

[104]   *Capuz*: Vestidura larga y holgada, con capucha y una cola que arrastraba; se ponía encima de la demás ropa y servía en los lutos.

[105]   *Soletas*: Planta de la media.

[106]   *Escarpín*: La funda de lienzo que se pone sobre el pie debajo de la calza, como la camisa debajo del jubón.

y en el papel escribimos, y después hacemos dél polvos para resucitar los zapatos, que, de incurables, los he visto hacer revivir con semejantes medicamentos.

Pues, ¿qué diré del modo con que de noche nos apartamos de las luces, porque no se vean los herreruelos [107] calvos y las ropillas lampiñas?; que no hay más pelo en ellas que en un guijarro, que es Dios servido de dárnosle en la barba y quitárnosle en la capa. Pero, por no gastar con barberos, prevenimos siempre de aguardar a que otro de los nuestros tenga también pelambre, y entonces nos la quitamos el uno al otro, conforme lo del Evangelio: "Ayudaos como buenos hermanos".

Traemos gran cuenta en no andar los unos por las casas de los otros, si sabemos que alguno trata la misma gente que otro. Es de ver cómo andan los estómagos en celo.

Estamos obligados a andar a caballo una vez cada mes, aunque sea en pollino, por las calles públicas; y obligados a ir en coche una vez en el año, aunque sea en la arquilla o trasera. Pero, si alguna vez vamos dentro del coche, es de considerar que siempre es en el estribo [108], con todo el pescuezo de fuera, haciendo cortesías porque nos vean todos, y hablando a los amigos y conocidos aunque miren a otra parte.

Si nos come delante de algunas damas, tenemos traza para rascarnos en público sin que se vea; si es en el muslo, contamos que vimos un soldado atravesado desde la parte a tal parte, y señalamos con las manos aquellas que nos comen, rascándonos en vez de enseñarlas. Si es en la iglesia, y come en el pecho, nos damos *sanctus* aunque sea al *introibo*.

---

[107] *Herreruelo*: O ferreruelo, capa más bien corta que larga, con sólo cuello, sin capilla.

[108] *Estribo*: Asiento y ventanilla correspondiente a la portezuela del coche, y la misma portezuela.

Levantámonos, y arrimándonos a una esquina en son de empinarnos para ver algo, nos rascamos.

¿Qué diré del mentir? Jamás se halla verdad en nuestra boca. Encajamos duques y condes en las conversaciones, unos por amigos, otros por deudos; y advertimos que los tales señores, o estén muertos o muy lejos.

Y lo que más es de notar: que nunca nos enamoramos sino de *pane lucrando*, que veda la orden damas melindrosas, por lindas que sean; y así, siempre andamos en recuesta [109] con una bodegonera por la comida, con la güéspeda por la posada, con la que abre los cuellos [110] por los que trae el hombre. Y aunque, comiendo tan poco y bebiendo tan mal, no se puede cumplir con tantas, por su tanda todas están contentas.

Quien ve estas botas mías, ¿cómo pensará que andan caballeras en las piernas en pelo, sin media ni otra cosa? Y quien viere este cuello, ¿por qué ha de pensar que no tengo camisa? Pues todo esto le puede faltar a un caballero, señor licenciado, porque cuello abierto y almidonado, no. Lo uno, porque así es gran ornato de la persona; y después de haberle vuelto de una parte a otra, es de sustento, porque se cena el hombre en el almidón, chupándole con destreza.

Y al fin, señor licenciado, un caballero de nosotros ha de tener más faltas [111] que una preñada de nueve meses, y con esto vive en la corte; y ya se ve en prosperidad y con dineros; y ya en el hospital, pero, en fin, se vive, y el que se sabe bandear es rey, con poco que tenga.»

Tanto gusté de las estrañas maneras de vivir del hidalgo, y tanto me embebecí, que divertido con ellas y con otras, me

---

[109] *En recuesta*: Demanda de amores.
[110] *Abrir el cuello*: Componerle como hoy día se hace, hay gente que lo tiene por oficio.
[111] *Ha de tener más faltas*: Juego de palabras «dicen las faltas de los que tienen más que si fuesen preñadas».

llegué a pie hasta Las Rozas, adonde nos quedamos aquella noche. Cenó conmigo el dicho hidalgo, que no traía blanca y yo me hallaba obligado a sus avisos, porque con ellos abrí los ojos a muchas cosas, inclinándome a la chirlería [112]. Declarele mis deseos antes que nos acostásemos; abrazome mil veces, diciendo que siempre esperó que habían de hacer impresión sus razones en hombre de tan buen entendimiento. Ofreciome favor para introducirme en la corte con los demás cofrades del estafón, y posada en compañía de todos. Acetele no declarándole que tenía los escudos que llevaba, sino hasta cien reales solos. Los cuales bastaron, con la buena obra que le había hecho y hacía, a obligarle a mi amistad.

Comprele del huésped tres agujetas, atacose, dormimos aquella noche, madrugamos, y dimos con nuestros cuerpos en Madrid.

---

[112] *Chirlería*: Estafa, trampa, enredo.

LIBRO TERCERO

CAPÍTULO I

De lo que me sucedió en la corte luego que llegué hasta que amaneció

Entramos en la Corte a las diez de la mañana; fuímonos a apear, de conformidad, en casa de los amigos de don Toribio. Llegó a la puerta y llamó; abriole una vejezuela muy pobremente abrigada y muy vieja. Preguntó por los amigos, y respondió que habían ido a buscar [1]. Estuvimos solos hasta que dieron las doce, pasando el tiempo él en animarme a la profesión de la vida barata, y yo en atender a todo.

A las doce y media, entró por la puerta una estantigua [2] vestida de bayeta hasta los pies, más raída que su vergüenza. Habláronse los dos en germanía [3], de lo cual resultó darme un abrazo y ofrecérseme. Hablamos un rato, y sacó un guante con diez y seis reales, y una carta, con la cual, diciendo que era licencia para pedir para una pobre, los había allegado. Vació el guante y sacó otro, y doblolos a usanza de médico. Yo le pregunté que por qué no se los

---

[1] *Buscar*: Buscarse la vida.
[2] *Estantigua*: Persona muy alta, seca y mal vestida.
[3] *Germanía*: Jerga usada por pícaros y germanes o rufianes.

ponía, y dijo que por ser entrambos de una mano, que era treta para tener guantes[4].

A todo esto, noté que no se desarrebozaba, y pregunté, como nuevo, para saber la causa de estar siempre envuelto en la capa, a lo cual respondió: —«Hijo, tengo en las espaldas una gatera, acompañada de un remiendo de lanilla y de una mancha de aceite; este pedazo de arrebozo lo cubre, y así se puede andar.» Desarrebozose, y hallé que debajo de la sotana traía gran bulto. Yo pensé que eran calzas, porque eran a modo dellas, cuando él, para entrarse a espulgar, se arremangó, y vi que eran dos rodajas de cartón que traía atadas a la cintura y encajadas en los muslos, de suerte que hacían apariencia debajo del luto; porque el tal no traía camisa ni gregüescos, que apenas tenía qué espulgar, según andaba desnudo. Entró al espulgadero, y volvió una tablilla[5] como las que ponen en las sacristías, que decía: «Espulgador hay», porque no entrase otro. Grandes gracias di a Dios, viendo cuánto dio a los hombres en darles industria, ya que les quitase riquezas.

—«Yo» —dijo mi buen amigo— «vengo del camino con mal de calzas, y así, me habré menester recoger a remendar.» Preguntó si había algunos retazos (que la vieja recogía trapos dos días en la semana por las calles, como las que tratan en papel[6], para acomodar incurables cosas de los caballeros); dijo que no, y que por falta de harapos se estaba, quince días había, en la cama, de mal de zaragüelles[7], don Lorenzo Íñiguez del Pedroso.

---

[4] *Guantes*: Eran parte indispensable de la indumentaria de los médicos.

[5] *Tablilla*: El uso de tablillas para diversos usos y noticias es muy amplio en la vida eclesiástica, tanto para lo religioso como para lo noticiero.

[6] *Tratan en papel*: Recuérdese lo dicho acerca de los usos del papel para recomponer zapatos.

[7] *Zaragüelles*: Especie de calzones anchos y follados en pliegues.

En esto estábamos, cuando vino uno con sus botas de camino y su vestido pardo, con un sombrero, prendidas las faldas por los dos lados. Supo mi venida de [8] los demás, y hablome con mucho afecto. Quitose la capa, traía —¡mire v. m. quién tal pensara!— la ropilla, de pardo paño la delantera, y la trasera de lienzo blanco, con sus fondos en sudor. No pude tener la risa, y él, con gran disimulación, dijo: —«Harase a las armas, y no se reirá. Yo apostaré que no sabe por qué traigo este sombrero con la falda presa arriba.» Yo dije que por galantería, y por dar lugar a la vista. —«Antes por estorbarla» —dijo—; «sepa que es porque no tiene toquilla [9], y que así no lo echan de ver.» Y, diciendo esto, sacó más de veinte cartas y otros tantos reales, diciendo que no había podido dar aquéllas. Traía cada una un real de porte, y eran hechas por él mismo; ponía la firma de quien le parecía, escribía nuevas que inventaba a las personas más honradas, y dábalas en aquel traje, cobrando los portes. Y esto hacía cada mes, cosa que me espantó ver la novedad de la vida.

Entraron luego otros dos, el uno con una ropilla de paño, larga hasta el medio valón [10], y su capa de lo mismo, levantando el cuello porque no se viese el anjeo [11], que estaba roto. Los valones eran de chamelote [12], mas no era más de lo que se descubría, y lo demás de bayeta colorada. Éste venía dando voces con el otro, que traía valona [13] por no tener cuello, y unos frascos [14] por no tener capa, y una muleta con una pierna liada en trapajos y pellejos, por no tener más de una

---

[8]   *De*: Por.

[9]   *Toquilla*: Cinta o adorno alrededor de la copa del sombrero.

[10]   *Valón*: Un cierto género de zaragüellos o de gregüescos, al uso de los valones.

[11]   *Anjeo*: Tela de estopa o lino basto, de la que se hacían cuellos.

[12]   *Chamelote*: Era un tejido de seda muy fino y apreciado.

[13]   *La valona*: Era más modesta que el cuello abierto o apanalado.

[14]   *Frascos*: Es posible que se refiera a los frascos de pólvora que llevaban los arcabuceros. Esto concordaría con el vestido de soldado que usa el personaje.

calza. Hacíase soldado, y habíalo sido, pero malo y en partes quietas. Contaba estraños servicios suyos, y, a título de soldado, entraba en cualquier parte.

Decía el de la ropilla y casi gregüescos: —«La mitad me debéis, o por lo menos mucha parte, y si no me la dais, ¡juro a Dios...!» —«No jure a Dios» —dijo el otro—, «que, en llegando a casa, no soy cojo, y os daré con esta muleta mil palos.» Si daréis, no daréis, y en los mentises acostumbrados, arremetió el uno al otro y, asiéndose, se salieron con los pedazos de los vestidos en las manos a los primeros estirones.

Metímoslos en paz, y preguntamos la causa de la pendencia. Dijo el soldado: —«¿A mí chanzas? ¡No llevaréis ni medio! Han de saber vs. ms. que, estando hoy en San Salvador, llegó un niño a este pobrete, y le dijo que si era yo el alférez Juan de Lorenzana, y dijo que sí, atento a que le vio no sé qué cosa que traía en las manos. Llevómele, y dijo, nombrándome alférez: —"Mire v. m. qué le quiere este niño." Yo que luego entendí, dije que yo era. Recibí el recado, y con él doce pañizuelos, y respondí a su madre, que los inviaba a algún hombre de aquel nombre. Pídeme agora la mitad. Yo antes me haré pedazos que tal dé. Todos los han de romper mis narices.»

Juzgóse la causa en su favor. Sólo se le contradijo el sonar con ellos, mandándole que los entregase a la vieja, para honrar la comunidad haciendo dellos unos cuellos y unos remates de mangas que se viesen y representasen camisas, que el sonarse estaba vedado en la orden, si no era en el aire, y las más veces sorbimiento, cosa de sustancia y ahorro. Quedó esto así.

Era de ver, llegada la noche, cómo nos acostamos en dos camas, tan juntos que parecíamos herramienta en estuche. Pasóse la cena de claro en claro. No se desnudaron los más, que, con acostarse como andaban de día, cumplieron con el precepto de dormir en cueros.

CAPÍTULO II

En que prosigue la materia comenzada y cuenta algunos raros sucesos

Amaneció el Señor, y pusímonos todos en arma. Ya estaba yo tan hallado con ellos como si todos fuéramos hermanos, que esta facilidad y dulzura se halla siempre en las cosas malas. Era de ver a uno ponerse la camisa de doce veces, dividida en doce trapos, diciendo una oración a cada uno, como sacerdote que se viste. A cual se le perdía una pierna en los callejones de las calzas, y la venía a hallar donde menos convenía asomada. Otro pedía guía para ponerse el jubón, y en media hora no se podía averiguar con él [15].

Acabado esto, que no fue poco de ver, todos empuñaron aguja y hilo para hacer un punteado en un rasgado y otro. Cuál, para culcusirse [16] debajo del brazo, estirándole, se hacía L. Uno, hincado de rodillas, arremendando un cinco de guarismo, socorría a los cañones [17]. Otro, por plegar las entrepiernas, metiendo la cabeza entre ellas se hacía un ovillo. No pintó tan estrañas posturas Bosco [18] como yo vi,

---

[15] *Averiguarse con*: Averiguarse con él, sujetarle o reducirle a razón.

[16] *Culcusirse*: Corcusirse, tapar a fuerza de puntadas mal hechas los agujeros de la ropa.

[17] *Cañones*: Eran, antiguamente, un par de medias de seda que usaban los hombres, muy largas y ajustadas, de las cuales hacían unas arrugas en las piernas, que servía de gala y era muy común entonces.

[18] *Bosco*: Famoso pintor de la escuela holandesa llamado Jerónimo Van Aken (1459-1516). Nació en Bois le Duc, y de aquí que se le llamase

porque ellos cosían y la vieja les daba los materiales, trapos y arrapiezos [19] de diferentes colores, los cuales había traído el soldado.

Acabose la hora del remedio —que así la llamaban ellos— y fuéronse mirando unos a otros lo que quedaba mal parado. Determinaron de irse fuera, y yo dije que antes trazasen mi vestido, porque quería gastar los cien reales en uno, y quitarme la sotana. —«Eso no» —dijeron ellos—; «el dinero se dé al depósito, y vistámosle de lo reservado. Luego, señalémosle su diócesis en el pueblo, adonde él solo busque y apolille.»

Pareciome bien; deposité el dinero y, en un instante, de la sotanilla me hicieron ropilla de luto de paño; y acortando el herreruelo, quedó bueno. Lo que sobró de paño trocaron a un sombrero viejo reteñido; pusiéronle por toquilla unos algodones de tintero muy bien puestos. El cuello y los valones me quitaron, y en su lugar me pusieron unas calzas atacadas, con cuchilladas no más de por delante, que lados y trasera eran unas gamuzas. Las medias calzas de seda aún no eran medias, porque no llegaban más de cuatro dedos más abajo de la rodilla; los cuales cuatro dedos cubría una bota justa sobre la media colorada que yo traía. El cuello estaba todo abierto, de puro roto pusiéronmele; y dijeron: —«El cuello está trabajoso por detrás y por los lados. V. m., si le mirare uno, ha de ir volviéndose con él, como la flor del sol con el sol; si fueren dos y miraren por los lados, saque pies, y para los de atrás, traiga siempre el sombrero caído sobre el cogote, de suerte que la falda cubra el cuello y descubra toda la frente; y al que preguntare que por qué

comúnmente Bosco. Fue muy conocido en España y Quevedo le cita con frecuencia. Hay realmente una extraordinaria semejanza entre las figuras cómicamente estilizadas y los ademanes grotescos de los lienzos del pintor holandés y muchos personajes y situaciones del *Buscón*.

[19] *Arrapiezo*: Son las faldas del sayo o ropa; harapos, andrajos.

anda así, respóndale que porque puede andar con la cara descubierta por todo el mundo.»

Diéronme una caja con hilo negro y blanco, seda, cordel y aguja, dedal, paño, lienzo, raso y otros retacillos, y un cuchillo; pusiéronme una espuela en la pretina, yesca y eslabón [20] en una bolsa de cuero, diciendo: —«Con esta caja puede ir por todo el mundo, sin haber menester amigos ni deudos; en ésta se encierra todo nuestro remedio. Tómela y guárdela.» Señaláronme por cuartel [21] para buscar mi vida el de San Luis [22]. Y así, empecé mi jornada, saliendo de casa con los otros, aunque por ser nuevo me dieron, para empezar la estafa, como a misacantano [23], por padrino el mismo que me trujo y convirtió.

Salimos de casa con paso tardo, los rosarios en la mano; tomamos el camino para mi barrio señalado. A todos hacíamos cortesías; a los hombres, quitábamos el sombrero, deseando hacer lo mismo con sus capas; a las mujeres hacíamos reverencias, que se huelgan con ellas y con las paternidades mucho. A uno decía mi buen ayo: —«Mañana me traen dineros»; a otro: —«Aguárdeme v. m. un día, que me trae en palabras el banco.» Cuál le pedía la capa, quién le daba prisa por la pretina; en lo cual conocí que era tan amigo de sus amigos, que no tenía cosa suya. Andábamos haciendo culebra de una acera a otra, por no topar con casas de acreedores. Ya le pedía uno el alquiler de la casa, otro el de la espada y otro el de las sábanas y camisas, de manera que eché de ver que era caballero de alquiler, como mula.

Sucedió, pues, que vio desde lejos un hombre que le sacaba los ojos, según dijo, por una deuda, mas no podía el dinero. Y porque no le conociese, soltó de detrás de las

---

[20] *Yesca y eslabón*: Los instrumentos necesarios para hacer fuego.
[21] *Cuartel*: Barrio, distrito.
[22] *San Luis*: Importante calle madrileña en la actual Red de San Luis.
[23] *Misacantano*: El que canta misa por primera vez.

orejas el cabello, que traía recogido, y quedó nazareno, entre Verónica y caballero lanudo; plantose un parche en un ojo, y púsose a hablar italiano conmigo. Esto pudo hacer mientras el otro venía, que aún no le había visto, por estar ocupado en chismes con una vieja. Digo de verdad que vi al hombre dar vueltas alrededor, como perro que se quiere echar; hacíase más cruces que un ensalmador [24], y fuese diciendo: —«¡Jesús!, pensé que era él. A quien bueyes ha perdido [25]...», etc. Yo moríame de risa de ver la figura de mi amigo. Entrose en un portal a recoger la melena y el parche, y dijo: —«Éstos son los aderezos de negar deudas. Aprended, hermano, que veréis mil cosas déstas en el pueblo.»

Pasamos adelante y, en una esquina, por ser de mañana, tomamos dos tajadas de alcotín [26] y agua ardiente, de una picarona que nos lo dio de gracia, después de dar el bienvenido a mi adestrador. Y díjome: —«Con esto vaya el hombre descuidado de comer hoy; y, por lo menos, esto no puede faltar.» Afligime yo, considerando que aún teníamos en duda la comida, y repliqué afligido por parte de mi estómago. A lo cual respondió: —«Poca fe tienes con la religión y orden de los caninos. No falta el Señor a los cuervos ni a los grajos ni aun a los escribanos, ¿y había de faltar a los traspillados? Poco estómago tienes.» —«Es verdad» —dije—, «pero temo mucho tener menos y nada en él.»

En esto estábamos, y dio un reloj las doce; y como yo era nuevo en el trato, no les causó en gracia a mis tripas el alcotín, y tenía hambre como si tal no hubiera comido. Renovada, pues, la memoria con la hora, volvime al amigo y dije:

---

[24] *Ensalmador*: Que hace ensalmos y conjuros.

[25] *A quien bueyes ha perdido...* Comienzo del refrán: «A quien bueyes ha perdido, cencerros se le antojan.»

[26] *Alcotín*: En otras ediciones sustituyen esta palabra por «letuario» (Electuario), que era preparación farmacéutica, consistente en miel, hecha con polvos, pulpa, extractos y jarabes, que se usaba como desayuno.

—«Hermano, este de la hambre es recio noviciado; estaba hecho el hombre a comer más que un sabañón, y hanme metido a vigilias. Si vos no lo sentís, no es mucho, que criado con hambre desde niño, como el otro [27] rey con ponzoña [28], os sustentáis ya con ella. No os veo hacer diligencia vehemente para mascar, y así, yo determino de hacer la que pudiere.» —«¡Cuerpo de Dios» —replicó— «con vos! Pues dan agora las doce, ¿y tanta prisa? Tenéis muy puntuales ganas y ejecutivas, y han menester llevar en paciencia algunas pagas atrasadas. ¡No, sino comer todo el día! ¿Qué más hacen los animales? No se escribe que jamás caballero nuestro haya tenido cámaras; que antes, de puro mal proveídos, no nos proveemos. Ya os he dicho que a nadie falta Dios. Y si tanta prisa tenéis, yo me voy a la sopa de San Jerónimo, adonde hay aquellos frailes de leche [29] como capones, y allí haré el buche. Si vos queréis seguirme, venid, y si no, cada uno a sus aventuras.» —«Adiós» —dije yo—, «que no son tan cortas mis faltas, que se hayan de suplir con sobras de otros. Cada uno eche por su calle.»

Mi amigo iba pisando tieso, y mirándose a los pies; sacó una migajas de pan que traía para el efeto siempre en una cajuela, y derramóselas por la barba y vestido, de suerte que parecía haber comido. Ya yo iba tosiendo y escarbando [30], por disimular mi flaqueza, limpiándome los bigotes, arrebozado y la capa sobre el hombro izquierdo, jugando con el decenario, que lo era porque no tenía más de diez cuentas. Todos los que me veían me juzgaban por comido, y si fuera de piojos, no erraran.

---

[27] *El otro*: El consabido.

[28] *Rey con ponzoña*: Se cuenta que Mitríades, rey del Ponto (132-63 a.C.), se familiarizó con los venenos más violentos para inmunizarse contra su efecto.

[29] *Frailes de leche*: Como capones de leche, esto es, gordos y sonrosados.

[30] *Escarbando*: Los dientes.

Iba yo fiado en mis escudillos, aunque me remordía la conciencia el ser contra la orden comer a su costa quien vive de tripas horras [31] en el mundo. Yo me iba determinando a quebrar el ayuno, y llegué con esto a la esquina de la calle de San Luis, adonde vivía un pastelero. Asomábase uno de a ocho [32] tostado, y con aquel resuello de horno tropezome en las narices, y al instante me quedé del modo que andaba, como el perro perdiguero con el aliento de la caza, puestos en él los ojos. Le miré con tanto ahínco, que se secó el pastel como un aojado [33]. Allí es de contemplar las trazas que yo daba para hurtarle; resolvíame otra vez a pagarlo.

En esto, me dio la una. Angustiome de manera que me determiné a zamparme en un bodegón de los que están por allí. Yo que iba haciendo punta [34] a uno, Dios que lo quiso, topo con un licenciado Flechilla, amigo mío, quien venía haldeando [35] por la calle abajo, con más barros [36] que la cara de un sanguino, y tantos rabos [37], que parecía chirrión [38] con sotana. Arremetió a mí en viéndome, que según estaba, fue mucho conocerme. Yo le abracé; preguntome cómo estaba; díjele luego: —«¡Ah, señor licenciado, qué de cosas tengo que contarle! Sólo me pesa de que me he de ir esta noche y no habrá lugar.» —«Eso me pesa a mí» —replicó—, «y si no fuera por ser tarde, y voy con prisa a comer, me detuviera más, porque me aguarda una hermana casada y su marido.»

---

[31] *Horras*: Libres, que hacen lo que quieren, comer o ayunar.
[32] *De a ocho*: Que costaba ocho maravedís.
[33] *Aojado*: De aojar, dar mal de ojo.
[34] *Hacer punta*: Se decía propiamente de las aves de presa que «hacían punta» subiendo y bajando antes de lanzarse sobre su presa.
[35] *Haldeando*: Con movimiento de las haldas de la capa o de la falda.
[36] *Barros*: En el doble sentido de «lodo» y «grano que sale en la cara».
[37] *Rabos*: Las salpicaduras del lodo en las ropas largas.
[38] *Chirrión*: Carreta cuyas ruedas chirrían.

—«¿Que aquí está mi señora Ana? Aunque lo deje todo, vamos, que quiero hacer lo que estoy obligado.»

Abrí los ojos oyendo que no había comido. Fuime con él, y empecele a contar que una mujercilla que él había querido mucho en Alcalá sabía yo dónde estaba, y que le podía dar entrada en su casa. Pegósele luego al alma el envite, que fue industria tratarle de cosas de gusto.

Llegamos tratando en ello a su casa. Entramos; yo me ofrecí mucho a su cuñado y hermana, y ellos, no persuadiéndose a otra cosa sino a que yo venía convidado por venir a tal hora, comenzaron a decir que si lo supieran que habían de tener tan buen güésped, que hubieran prevenido algo. Yo cogí la ocasión y convideme, diciendo que yo era de casa y amigo viejo, y que se me hiciera agravio en tratarme con cumplimiento.

Sentáronse y senteme; y porque el otro lo llevase mejor, que ni me había convidado ni le pasaba por la imaginación, de rato en rato le pegaba yo con la mozuela, diciendo que me había preguntado por él, y que le tenía en el alma, y otras mentiras deste modo; con lo cual llevaba mejor el verme engullir, porque tal destrozo como yo hice en el ante [39], no lo hiciera una bala en el de un coleto. Vino la olla, y comímela en dos bocados casi toda, sin malicia, pero con prisa tan fiera, que parecía que aun entre los dientes no la tenía bien segura. Dios es mi padre, que no come un cuerpo más presto el montón de la Antigua de Valladolid [40] —que le deshace en veinte y cuatro horas— que yo despaché el ordinario [41]; pues

---

[39] *Ante*: Juega con las dos acepciones de la voz ante, «primer plato en la comida» y «piel de ante» con que se hacían coletos.

[40] *La Antigua de Valladolid*: Se refiere al cementerio de la iglesia de Nuestra Señora de la Antigua de Valladolid, cuya tierra, según creencia popular, había sido traída por las Cruzadas del Campo Damasceno y consumía rápidamente los cadáveres.

[41] *El ordinario*: El gasto que uno tiene para su casa cada día. Hay aquí un juego de palabra entre «despachar el ordinario» y el «extraordinario correo».

fue con más priesa que un extraordinario el correo. Ellos bien debían notar los fieros tragos del caldo y el modo de agotar la escudilla, la persecución de los güesos y el destrozo de la carne. Y si va a decir verdad, entre burla y juego, empedré la faltriquera de mendrugos.

Levantose la mesa; apartámonos yo y el licenciado a hablar de la ida en casa de la dicha. Yo se lo facilité mucho. Y estando hablando con él a una ventana, hice que me llamaban de la calle, y dije: —«¿A mí, señor? Ya bajo.» Pedile licencia, diciendo que luego volvía. Quedome aguardando hasta hoy, que desaparecí por lo del pan comido y la compañía deshecha. Topome otras muchas veces, y disculpeme con él, contándole mil embustes que no importan para el caso.

Fuime por las calles de Dios, llegué a la puerta de Guadalajara [42], y senteme en un banco de los que tienen en sus puertas los mercaderes. Quiso Dios que llegaron a la tienda dos de las que piden prestado sobre sus caras, tapadas [43] de medio ojo, con su vieja y pajecillo. Preguntaron si había algún terciopelo de labor extraordinaria. Yo empecé luego, para trabar conversación, a jugar del vocablo, de *tercio* y *pelado*, y *pelo* y *apelo* y *pospelo*, y no dejé güeso sano a la razón. Sentí que les había dado mi libertad algún seguro de algo de la tienda, y yo, como quien no aventuraba a perder nada, ofrecilas lo que quisiesen. Regatearon [44], diciendo que no tomaban de quien no conocían. Yo me aproveché de la ocasión, diciendo que había sido atrevimiento ofrecerles nada, pero que me hiciesen merced de acetar unas telas que me habían traído de Milán, que a la noche llevaría un paje

---

[42] *La puerta de Guadalajara*: En la calle Mayor, junto a la de Platerías, donde estaban abiertas muchas tiendas. Era punto de reunión muy frecuente.

[43] *Tapada*: Se llamaba a la mujer cubierta por el manto. Con la Nueva Recopilación se prohibió que las mujeres anduviesen tapadas, incluso dentro de la iglesia. Las tapadas *de medio ojo* dejaban descubierto completamente un solo ojo para poder ver y mirar disimuladamente.

[44] *Regatearon*: Rehusaron.

(que les dije que era mío, por estar enfrente aguardando a su amo, que estaba en otra tienda, por lo cual estaba descaperuzado). Y para que me tuviesen por hombre de partes y conocido, no hacía sino quitar el sombrero a todos los oidores y caballeros que pasaban, y, sin conocer a ninguno, les hacía cortesías como si los tratara familiarmente. Ellas se cegaron con esto, y con unos cien escudos en oro que yo saqué de los que traía, con achaque de dar limosna a un pobre que me la pidió.

Parecioles irse, por ser ya tarde, y sí me pidieron licencia, advirtiéndome con el secreto que había de ir el paje. Yo las pedí por favor y como en gracia, un rosario engarzado en oro que llevaba la más bonita dellas, en prendas de que las había de ver a otro día sin falta. Regatearon dármele; yo les ofrecí en prendas los cien escudos, y dijéronme su casa. Y con intento de estafarme en más, se fiaron de mí y preguntáronme mi posada, diciendo que no podía entrar paje en la suya a todas horas, por ser gente principal.

Yo las llevé por la calle Mayor, y, al entrar en la de las Carretas, escogí la casa que mejor y más grande me pareció. Tenía un coche sin caballos a la puerta. Díjeles que aquélla era, y que allí estaba ella, y el coche y dueño para servirlas. Nombreme don Álvaro de Córdoba, y entreme por la puerta delante de sus ojos. Y acuérdome que, cuando salimos de la tienda, llamé uno de los pajes, con grande autoridad, con la mano. Hice que le decía que se quedasen todos y que me aguardasen allí —que así dije yo que lo había dicho—; y la verdad es que le pregunté si era criado del comendador mi tío. Dijo que no; y con tanto, acomodé los criados ajenos como buen caballero.

Llegó la noche escura, y acogímonos a casa todos. Entré y hallé al soldado de los trapos con una hacha de cera que le dieron para acompañar un difunto, y se vino con ella. Llamábase éste Magazo, natutal de Olías; había sido capitán en una comedia, y combatido con moros en una danza. A los de Flandes decía que había estado en la China; y a los de la China, en Flandes. Trataba de formar un campo, y nunca supo sino espulgarse en él. Nombraba castillos, y apenas los había visto en los ochavos. Celebraba mucho la memoria del señor don Juan, y oíle decir yo muchas veces de Luis Quijada [45] que había sido honra de amigos. Nombraba turcos, galeones y capitanes, todos los que había leído en unas coplas que andaban desto; y como él no sabía nada de mar, porque no tenía de naval más del comer nabos, dijo, contando la batalla que había vencido el señor don Juan en Lepanto, que aquel Lepanto fue un moro muy bravo, como no sabía el pobrete que era nombre del mar. Pasábamos con él lindos ratos.

Entró luego mi compañero, deshechas las narices y toda la cabeza entrapajada, lleno de sangre y muy sucio. Preguntámosle la causa, y dijo que había ido a la sopa de San Jerónimo y que pidió porción doblada, diciendo que era para unas personas honradas y pobres. Quitáronselo a los otros medigos para dárselo, y ellos, con el enojo, siguiéronle, y vieron que, en un rincón detrás de la puerta, estaba sorbiendo con gran valor. Y sobre si era bien hecho engañar por engullir y quitar a otros para sí, se levantaron voces, y tras ellas palos, y tras los palos, chichones y tolondrones en su pobre cabeza. Embistiéronle con los jarros, y el daño de las narices se le hizo uno con una escudilla de palo que se la dio a oler con más prisa que convenía. Quitáronle la espada, salió a las voces el portero, y aun no los podía meter en paz. En fin, se vio en tanto peligro el pobre hermano, que decía: —«¡Yo volveré lo que he comido!»; y un no bastaba, que ya no reparaban sino en que pedía para otros, y no se preciaba

---

[45] *Luis Quijada*: Don Luis Méndez de Quijada fue ayo de don Juan de Austria y desempeñó cargos importantes cerca del emperador Carlos I.

de sopón [46]. —«¡Miren el todo trapos, como muñeca de niños, más triste que pastelería en Cuaresma, con más agujeros que una flauta, y más remiendos que una pía [47], y más manchas que un jaspe, y más puntos que un libro de música» —decía un estudiantón destos de la capacha [48], gorronazo— [49]; «que hay hombre en la sopa del bendito santo que puede ser obispo o otra cualquier dignidad, y se afrenta un don Peluche de comer! ¡Graduado estoy de bachiller en artes por Sigüenza!» Metiose el portero de por medio, viendo que un vejezuelo que allí estaba decía que, aunque acudía al brodio [50], que era descendiente del Gran Capitán, y que tenía deudos.

Aquí lo dejo, porque el compañero estaba ya fuera desaprensando los güesos.

---

[46]   *Sopón*: El que iba a comer la «sopa boba» de los conventos.
[47]   *Pía*: El caballo o yegua cuya piel está manchada de varios colores, como a remiendos.
[48]   *Capacha*: Donde se recogía lo que le daban, pobres mendrugos y restos de comida.
[49]   *Gorronazo*: De gorrón, estudiante de gorra que acudía a la sopa boba.
[50]   *Brodio*: Caldo con algunas sobras de sopa, mendrugos, verduras y legumbres, que de ordinario se daba a los pobres en las porterías de algunos conventos.

CAPÍTULO III

En que prosigue la misma materia, hasta dar con todos en la cárcel

Entró Merlo Díaz, hecha la pretina una sarta de búcaros[51] y vidros, los cuales, pidiendo de beber en los tornos de las monjas, había agarrado con poco temor de Dios. Más sacole de la puja[52] don Lorenzo del Pedroso, el cual entró con una capa muy buena, la cual había trocado en una mesa de trucos[53] a la suya, que no se la cubriera pelo[54] al que la llevó, por ser desbarbada. Usaba éste quitarse la capa como que quería jugar, y ponerla con las otras, y luego, como que no hacía partido, iba por su capa, y tomaba la que mejor le parecía y salíanse. Usábalo en los juegos de argolla[55] y bolos.

Mas todo fue nada para ver entrar a don Cosme, cercado de muchachos con lamparones, cáncer y lepra, heridos y

---

[51] *Búcaro*: Es una clase de arcilla que despide, sobre todo cuando está mojada, un olor agradable, y solían mascarla y aun comerla las mujeres. También se llama «búcaro» a la vasija hecha con esta arcilla.

[52] *Sacar de la puja*: Dejar chiquito y atrás a alguien, achicar. Exceder, a otro que tiene fuerza, habilidad o manejo en alguna cosa.

[53] *Truco*: Clase de juego que gustaba mucho en esta época, que consistía en echar con la bola propia la del contrario por alguna de las troneras o agujeros de la mesa, o por encima de la barandilla.

[54] *No se la cubriera pelo*: Equivale a la frase moderna «no le lucirá el pelo», «no echará buen pelo».

[55] *Argolla*: Es otro juego cuyo principal instrumento es una argolla de hierro que, con una espiga o punta aguda que tiene, se clava en la tierra de modo que pueda moverse fácilmente alrededor y por la cual se han de hacer pasar unas bolas de madera que se impelen con palas cóncavas.

mancos, el cual se había hecho ensalmador con unas santiguaduras y oraciones que había aprendido de una vieja. Ganaba éste por todos, porque si el que venía a curarse no traía bulto debajo de la capa, no sonaba dinero en la faldriquera, o no piaban algunos capones, no había lugar. Tenía asolado medio reino. Hacía creer cuanto quería, porque no ha nacido tal artífice en el mentir; tanto, que aun por descuido no decía verdad. Hablaba del Niño Jesús, entraba en las casas con *Deo gracias*, decía lo del «Espíritu Santo sea con todos...». Traía todo ajuar de hipócrita: un rosario con unas cuentas frisonas; al descuido hacía que se le viese por debajo de la capa un trozo de disciplina salpicada con sangre de narices; hacía creer, concomiéndose, que los piojos eran silicios [56], y que la hambre canina eran ayunos voluntarios. Contaba tentaciones; en nombrando al demonio, decía «Dios nos libre y nos guarde»; besaba la tierra al entrar en la iglesia; llamábase indigno; no levantaba los ojos a las mujeres, pero las faldas sí. Con estas cosas, traía el pueblo tal, que se encomendaban a él, y era como encomendarse al diablo. Porque él era jugador y lo otro (ciertos los llaman, y por mal nombre fulleros) [57]. Juraba el nombre de Dios unas veces en vano, y otras en vacío. Pues en lo que toca a mujeres, tenía seis hijos, y preñadas dos santeras. Al fin, de los mandamientos de Dios, los que no quebraba, hendía.

Vino Polanco haciendo gran ruido, y pidió su saco pardo, cruz grande, barba larga postiza y campanilla. Andaba de noche de esta suerte, diciendo: —«Acordaos de la muerte, y hacer bien por las ánimas...», etc. Con esto cogía mucha limosna, y entrábase en las casas que veía abiertas; si le

---

[56] *Silicios*: Cilicios, fajas de cadenillas de hierro con puntas que por mortificación usan algunas personas.

[57] *Cierto o fullero*: El que hacía trampas en el juego, especialmente con naipes marcados.

topaban, tocaba la campanilla, y decía con una voz que él fingía penitente: —«Acordaos, hermanos...», etc.

Todas estas trazas de hurtar y modos extraordinarios conocí, por espacio de un mes, en ellos. Volvamos agora a que les enseñé el rosario y conté el cuento. Celebraron mucho la traza, y recibiole la vieja por su cuenta y razón para venderle. La cual se iba por las casas diciendo que era de una doncella pobre, y que se deshacía dél para comer. Y ya tenía para cada cosa su embuste y su trapaza. Lloraba la vieja a cada paso; enclavijaba las manos y suspiraba de lo amargo; llamaba hijos a todos. Traía, encima de muy buena camisa, jubón, ropa, saya y manteo, un saco de sayal roto, de un amigo ermitaño que tenía en las cuestas de Alcalá. Ésta gobernaba el hato, aconsejaba y encubría.

Quiso, pues, el diablo, que nunca está ocioso en cosas tocantes a sus siervos, que, yendo a vender no sé qué ropa y otras cosillas a una casa, conoció uno no sé qué hacienda suya. Trujo un alguacil, y agarráronme la vieja, que se llamaba la madre Labuscas. Confesó luego todo el caso, y dijo cómo vivíamos todos, y que éramos caballeros de rapiña. Dejola el alguacil en la cárcel, y vino a casa, y halló en ella a todos mis compañeros, y a mí con ellos. Traía media docena de corchetes —verdugos de a pie—, y dio con todo el colegio buscón en la cárcel, adonde se vio en gran peligro la caballería.

CAPÍTULO IV

En que trata los sucesos de la cárcel, hasta salir la vieja azotada, los compañeros a la vergüenza y yo en fiado

Echáronnos, en entrando, a cada uno dos pares de grillos[58], y sumiéronnos en un calabozo. Yo que me vi ir allá, aprovecheme del dinero que traía conmigo y, sacando un doblón, díjele al carcelero: —«Señor, oígame v. m. en secreto.» Y para que lo hiciese, dile escudo como cara. En viéndolos, me apartó. —«Suplico a v. m.» —le dije— «que se duela de un hombre de bien.» Busquele las manos, y como sus palmas estaban hechas a llevar semejantes dátiles, cerró con los dichos veinte y seis[59], diciendo: —«Yo averiguaré la enfermedad y, si no es urgente, bajará al cepo.» Yo conocí la deshecha[60], y respondile humilde. Dejome fuera, y a los amigos descolgáronlos abajo.

Dejo de contar la risa tan grande que, en la cárcel y por las calles, había con nosotros; porque como nos traían atados y a empellones, unos sin capas y otros con ellas arrastrando, eran de ver unos cuerpos píos remendados, y otros

---

[58] *Grillos*: Pareja de grilletes con un perno o enganche común que se colocan en los pies de un preso para impedirle andar.

[59] *Cerró con los dichos veinte y seis*: Se entiende que se refiere a los veinte y seis reales que valía la moneda de oro que le había dado, aunque es más aceptado que valía veinticuatro reales.

[60] *La deshecha*: Despedida cortés.

aloques[61] de tinto y blanco. A cuál, por asirle de alguna parte segura, por estar todo tan manido le agarraba el corchete de las puras carnes, y aun no hallaba de qué asir, según los tenía roídos la hambre. Otros iban dejando a los corchetes en las manos los pedazos de ropillas y gregüescos; al quitar la soga en que venían ensartados, se salían pegados los andrajos.

Al fin, yo fui, llegada la noche, a dormir a la sala de los linajes[62]. Diéronme mi camilla. Era de ver algunos dormir envainados, sin quitarse nada; otros, desnudarse de un golpe todo cuanto traían encima; cuáles jugaban. Y, al fin, cerrados, se mató la luz. Olvidamos todos los grillos.

Estaba el servicio a mi cabecera; y, a la media noche, no hacían sino venir presos y soltar presos. Yo que oí el ruido, al principio, pensando que eran truenos, empecé a santiguarme y llamar a Santa Bárbara. Mas, viendo que olían mal, eché de ver que no eran truenos de buena casta. Olían tanto, que por fuerza detenían las narices en la cama. Unos traían cámaras y otros aposentos. Al fin, yo me vi forzado a decirles que mudasen a otra parte el vedriado[63]. Y sobre si le viene muy ancho o no, tuvimos palabras. Usé el oficio de adelantado[64], que es mejor serlo de un cachete que de Castilla, y metile a uno media pretina en la cara. Él, por levantarse aprisa, derramole, y al ruido despertó el concurso. Asábamos a pretinazos a escuras, y era tanto el mal olor, que hubieron de levantarse todos.

Alzose el grito. El alcaide, sospechando que se le iban algunos vasallos, subió corriendo, armado, con toda su

---

[61]   *Aloques*: Designa comúnmente al vino tinto claro, pero también a la mixtura de tinto y blanco.

[62]   *Sala de los linajes*: Parece claro que se refiere a una sala común con menores incomodidades que los calabozos, a los cuales ha llamado anteriormente cepos. Esta sala debían de utilizarla para aquellos por quienes los carceleros tenían interés en favorecer.

[63]   *Vedriado*: Vidriado por su fabricación.

[64]   *Adelantado*: Gobernador militar y político de una provincia fronteriza.

cuadrilla, abrió la sala, entró luz y informose del caso. Condenáronme todos; yo me disculpaba con decir que en toda la noche me habían dejado cerrar los ojos, a puro abrir los suyos. El carcelero, pareciéndole que por no dejarme zabullir en el horado [65] le daría otro doblón, asió del caso y mandome bajar allá. Determineme a consentir, antes que a pellizcar el talego más de lo que lo estaba. Fui llevado abajo; recibiéronme con arbórbola [66] y placer los amigos.

Dormí aquella noche algo desabrigado. Amaneció el Señor, y salimos del calabozo. Vímonos las caras, y lo primero que nos fue notificado fue dar para la limpieza —y no de la Virgen sin mancilla—, so pena de culebrazo [67] fino. Yo di luego seis reales; mis compañeros no tenían qué dar, y así, quedaron remitidos para la noche.

Había en el calabozo un mozo tuerto, alto, abigotado, mohíno de cara, cargado de espaldas y de azotes en ellas. Traía más hierro que Vizcaya, dos pares de grillos y una cadena de portada. Llamábanle el Jayán. Decía que estaba preso por cosas de aire, y así, sospechaba yo si era por algunas fuelles [68], chirimías o abanicos, y decíale si era por algo desto. Respondía que no, que eran cosas de atrás. Yo pensé que pecados viejos quería decir. Y averigüé que por puto. Cuando el alcaide le reñía por alguna travesura, le llamaba botiller [69] del verdugo y depositario general de culpas. Otras veces le amenazaba diciendo: —«¿Qué te arriesgas, pobrete,

---

[65] *Horado*: Calabozo.

[66] *Arbórbola*: Albórbola, vocerío o algazara, especialmente aquella con que se demuestra alegría.

[67] *Culebrazo*: Paliza que daban los presos al preso que ha entrado nuevo, la cual se reduce a darle muchos latigazos con correas o cuerdas; todos se quejan a un tiempo, para hacer entender al dolorido que no es sólo él quien lleva aquella penitencia.

[68] *Fuelle*: Soplón, confidente.

[69] *Botiller*: El que tiene a su cargo la botillería, la despensa de un señor, y tomó el nombre de las botas o cubetas del vino, aunque haya en ella todo género de vitualla.

con el que ha de hacer humo? Dios es Dios, que te vendimie de camino.» Había confesado éste, y era tan maldito, que traíamos todos con carlancas[70], como mastines, las traseras, y no había quien se osase ventosear, de miedo de acordarle dónde tenía las asentaderas.

Éste hacía amistad con otro que llamaban Robledo, y por otro nombre el Trepado. Decía que estaba preso por liberalidades; y, entendido, eran de manos en pescar lo que topaba. Éste había sido más azotado que postillón[71]: no había verdugo que no hubiese probado la mano en él. Tenía la cara con tantas cuchilladas, que, a descubrirse puntos, no se le ganara un flux. Tenía nones las orejas[72] y pegadas las narices, aunque no tan bien como la cuchillada que se las partía.

A éstos se llegaban otros cuatro hombres, rapantes[73] como leones de armas, todos agrillados y condenados al hermano de Rómulo[74]. Decían ellos que presto podrían decir que habían servido a su Rey por mar y por tierra. No se podrá creer la notable alegría con que aguardaban su despacho.

Todos estos, mohínos de ver que mis compañeros no contribuían, ordenaron a la noche de darlos culebrazo bravo, con una soga dedicada al efecto.

Vino la noche. Fuimos ahuchados a la postrera faldriquera de la casa. Mataron la luz; yo metime luego debajo de la tarima. Empezaron a silbar dos dellos, y otro a dar sogazos.

---

[70] *Carlancas*: Collar ancho y fuerte, erizado de puntas de hierro, que preserva a los mastines de las mordeduras de los lobos.

[71] *Postillón*: Caballo de postillón o posta.

[72] *Tenía nones las orejas*: A los ladrones se les imponía a menudo la pena de perder una o las dos orejas. El primer robo se castigaba con azotes; el segundo, cortándoles las orejas, y el tercero, con la horca.

[73] *Rapantes*: Los que rapan o hurtan, y también rampantes. Se emplea esta segunda acepción para designar en heráldicas al león u otro animal que está en el escudo de armas con la mano abierta y las garras tendidas en ademán de agarrar o asir.

[74] *Condenados al hermano de Rómulo*: Condenados a galeras, a Remo.

Los buenos caballeros que vieron el negocio de revuelta, se apretaron de manera las carnes ayunas —cenadas, comidas y almorzadas de sarna y piojos—, que cupieron todos en un resquicio de la tarima. Estaban como liendres[75] en cabellos o chinches en cama. Sonaban los golpes en la tabla; callaban los dichos. Los bellacos que vieron que no se quejaban, dejaron el dar azotes, y empezaron a tirar ladrillos, piedras y cascote que tenían recogido. Allí fue ella, que uno le halló el cogote a don Toribio, y le levantó una pantorrilla en él de dos dedos. Comenzó a dar voces que le mataban. Los bellacos, porque no se oyesen sus aullidos, cantaban todos juntos y hacían ruido con las prisiones. Él, por esconderse, asió de los otros para meterse debajo. Allí fue el ver cómo, con la fuerza que hacían, les sonaban los güesos como tablillas de San Lázaro.

Acabaron su vida las ropillas; no quedaba andrajo en pie. Menudeaban tanto las piedras y cascotes, que, dentro de poco tiempo, tenía el dicho don Toribio más golpes[76] en la cabeza que una ropilla abierta. Y no hallando remedio contra el granizo, viéndose, sin santidad, cerca de morir San Esteban[77], dijo que le dejasen salir, que él pagaría luego y daría sus vestidos en prendas. Consintiéronselo, y, a pesar de los otros, que se defendían con él, descalabrado y como pudo, se levantó y pasó a mi lado.

Los otros, por presto que acordaron a prometer lo mismo, ya tenían las chollas con más tejas que pelos. Ofrecieron para pagar la patente sus vestidos, haciendo cuenta que era mejor estarse en la cama por desnudos que por heridos. Y así, aquella noche los dejaron, y a la mañana les pidieron

---

[75] *Liendres*: Huevos del piojo, que suelen adherirse a los pelos de los animales y personas.
[76] *Golpes*: Se llaman las portezuelas que se echan en las casacas, chupas y otros vestidos y sirven para cubrir y tapar los bolsillos.
[77] *Morir San Esteban*: San Esteban fue lapidado.

que se desnudasen. Y se halló que, de todos sus vestidos juntos, no se podía hace una mecha a un candil.

Quedáronse en la cama, digo envueltos en una manta, la cual era la que llaman ruana[78], donde se espulgan todos. Empezaron luego a sentir el abrigo de la manta, porque había piojo con hambre canina, y otro que, en un brazo de uno de ellos, quebraba ayuno de ocho días. Habíalos frisones, y otros que se podían echar a la oreja de un toro. Pensaron aquella mañana ser almorzados dellos; quitáronse la manta, maldiciendo su fortuna, deshaciéndose a puras uñadas.

Yo salime del calabozo, diciéndoles que me perdonasen si no les hiciese mucha compañía, porque me importaba no hacérsela. Torné a repasarle las manos al carcelero con tres de a ocho[79] y, sabiendo quién era el escribano de la causa, inviele a llamar con un picarillo. Vino, metile en un aposento, y empecele a decir, después de haber tratado la causa, cómo yo tenía no sé qué dinero. Supliquele que me lo guardase, y que en lo que hubiese lugar, favoreciese la causa de un hijodalgo desgraciado que, por engaño, había incurrido en tal delito. —«Crea v. m.» —dijo, después de haber pescado la mosca—, «que en nosotros está todo el juego, y que si uno da en no ser hombre de bien, puede hacer mucho mal. Más tengo yo en galeras de balde, por mi gusto, que hay letras en el proceso. Fíese de mí, y crea que le sacaré a paz y a salvo.»

Fuese con esto, y volviose desde la puerta a pedirme algo para el buen Diego García, el alguacil, que importaba acallarle con mordaza de plata, y apuntome no sé qué del relator, para ayuda de comerse[80] cláusula entera. Dijo: —«Un relator,

---

[78] *Ruana*: Por traerlas primeramente de Ruán, o por estar hechas con telas fabricadas allí.

[79] *Con tres de a ocho*: Tres reales de a ocho, que valía ocho reales de plata vieja.

[80] *Ayuda de costa*: Es lo que se da fuera del salario como recompensa; por analogía con esa frase dice el autor *ayuda de comerse...*

señor, con arquear las cejas, levantar la voz, dar una patada para hacer atender al alcalde divertido[81], hacer una acción, destruye un cristiano.» Dime por entendido, y añadí otros cincuenta reales; y en pago me dijo que enderezase el cuello de la capa, y dos remedios para el catarro que tenía de la frialdad del calabozo. Y últimamente me dijo, mirándome con grillos: —«Ahorre de pesadumbre, que, con ocho reales que dé al alcaide, le aliviará; que ésta es gente que no hace virtud si no es por interés.» Cayome en gracia la advertencia. Al fin, él se fue. Yo di al carcelero un escudo; quitome los grillos.

Dejábame entrar en su casa. Tenía una ballena por mujer, y dos hijas del diablo, feas y necias, y de la vida, a pesar de sus caras. Sucedió que el carcelero —se llamaba tal Blandones de San Pablo, y la mujer doña Ana Moráez— vino a comer, estando yo allí, muy enojado y bufando. No quiso comer. La mujer, recelando alguna gran pesadumbre, se llegó a él, y le enfadó tanto con las acostumbradas importunidades, que dijo: —«¿Qué ha de ser, si el bellaco ladrón de Almendros, el aposentador[82], me ha dicho, teniendo palabras con él sobre el arrendamiento, que vos no sois limpia?» —«¿Tantos rabos me ha quitado el bellaco» —dijo ella— ; «por el siglo de mi agüelo, que no sois hombre, pues no le pelastes las barbas. ¿Llamo yo a sus criadas que me limpien?» Y volviéndose a mí dijo: —«Vale Dios que no me podrá decir que soy judía como él, que, de cuatro cuartos que tiene, los dos son de villano, y los otros ocho maravedís, de hebreo. A fe, señor don Pablos, que si yo lo oyera, que yo le acordara que tiene las espaldas en el aspa de San Andrés»[83].

---

[81] *Divertido*: Distraído.

[82] *Aposentador*: Cargo en el servicio real encargado del alojamiento de los reyes y servidores del palacio. Entre ilustres aposentadores figura nada menos que Velázquez.

[83] *Aspa de San Andrés*: Aspa es el instrumento que sirve para aspar o hacer madejas. Y *aspa de San Andrés* es «la cruz de paño o bayeta colorada que en el capotillo amarillo del mismo material manda poner el Santo Oficio

Entonces, muy afligido el alcaide, respondió: —«¡Ay, mujer, que callé porque dijo que en esa teníades vos dos o tres madejas! Que lo sucio no os lo dijo por lo puerco, sino por el no lo comer.» —«Luego, ¿judía dijo que era? ¿Y con esa paciencia lo decís, buenos tiempos? ¿Así sentís la honra de doña Ana Moráez, hija de Esteban Rubio y Juan de Madrid, que sabe Dios y todo el mundo.» —«¡Cómo! ¿Hija» —dije yo— «de Juan de Madrid?» —«De Juan de Madrid, el de Auñón.» —«Voto a Dios» —dije yo— «que el bellaco que tal dijo es un judío, puto y cornudo.» Y volviéndome a ellas: —«Juan de Madrid, mi señor que esté en el cielo, fue primo [84] hermano de mi padre. Y daré yo probanza de quién es y cómo; y esto me toca a mí. Y si salgo de la cárcel, yo le haré desdecir cien veces al bellaco. Ejecutoria tengo en el pueblo, tocante a entrambos, con letras de oro.»

Alegráronse con el nuevo pariente, y cobraron ánimo con lo de la ejecutoria. Y ni yo la tenía, ni sabía quiénes eran. Comenzó el marido a quererse informar del parentesco por menudo. Yo, porque no me cogiese en mentira, hice que me salía de enojado, votando y jurando. Tuviéronme, diciendo que no se tratase más dello. Yo, de rato en rato, salía muy al descuido diciendo: —«¡Juan de Madrid! ¡Burlando es la probanza que yo tengo suya!» Otras veces decía: —«¡Juan de Madrid, el mayor! Su padre de Juan de Madrid fue casado con Ana de Acevedo, la gorda.» Y callaba otro poco.

Al fin, con estas cosas, el alcaide me daba de comer y cama en su casa, y el escribano, solicitado dél y cohechado

---

(...) a los reconciliados con la Iglesia, en penitencia».

[84] *Primo*: El uso actual de la expresión *hacer el primo* puede venir de este tipo de burlas, en que el amante o el gorrón se hacían pasar por primos para disimular y alcanzar sus fines.

con el dinero, lo hizo tan bien, que sacaron a la vieja delante de todos, en un palafrén pardo a la brida[85], con un músico de culpas[86] delante. Era el pregón: —«¡A esta mujer, por ladrona!» Llevábale el compás en las costillas el verdugo, según lo que le habían recetado los señores de los ropones[87]. Luego seguían todos mis compañeros, en los overos de echar agua[88], sin sombreros y las caras descubiertas. Sacábanlos a la vergüenza, y cada uno, de puro roto, llevaba la suya de fuera.

Desterráronlos por seis años. Yo salí en fiado, por virtud del escribano. Y el relator no se descuidó, porque mudó tono, habló quedo y ronco, brincó razones y mascó cláusulas enteras.

---

[85] *Palafrén pardo a la brida*: Ennoblece la descripción del castigo de la vieja: *palafrén*, caballo manso en que solían montar las damas en funciones públicas o en cacerías; *a la brida*, con estribos largos, en oposición a la jineta. La buena vieja iba en un asno manso como el palafrén y con los pies colgando y las piernas estiradas, como exigía el montar a la brida.

[86] *Músico de culpas*: Pregonero.

[87] *Los señores de los ropones*: Los alcaldes o magistrados que formaban el tribunal. Mezcla la idea de alcaldes o magistrados a la de médicos.

[88] *Overos de echar agua*: Rocines de los aguadores, se utilizaban para llevar agua a las casas.

CAPÍTULO V

De cómo tomé posada, y la desgracia que me sucedió en ella

Salí de la cárcel. Halleme solo y sin los amigos; aunque me avisaron que iban camino de Sevilla a costa de la caridad, no los quise seguir.

Determineme de ir a una posada, donde hallé una moza rubia y blanca, miradora, alegre, a veces entremetida, y a veces entresacada y salida[89]. Ceceaba un poco; tenía miedo a los ratones; preciábase de manos y, por enseñarlas, siempre despabilaba las velas, partía la comida en la mesa, en la iglesia siempre tenía puestas las manos[90], por las calles iba enseñando siempre cuál casa era de uno y cuál de otro; en el estrado[91] de contino tenía un alfiler que prender en el tocado; si se jugaba a algún juego, era siempre el de pizpirigaña[92], por ser cosa de mostrar manos. Hacía que bostezaba, adrede, sin tener gana, por mostrar los dientes y hacer cruces en la boca. Al fin, toda la casa tenía ya tan manoseada, que enfadaba ya a sus mismos padres.

---

[89] *Salida*: Descarada, desvergonzada.
[90] *Puestas las manos*: En ademán de oración.
[91] *Estrado*: Lugar donde las señoras se asientan sobre cojines y reciben las visitas.
[92] *Pizpirigaña*: Juego de niños en el que todos colocan las manos cerradas una sobre otra y uno de ellos las va pellizcando, diciendo: Pizpirigaña, mata la araña, etc.

Hospedáronme muy bien en su casa, porque tenía trato de alquilarla, con muy buena ropa, a tres moradores: fui el uno yo, el otro un portugués, y un catalán. Hiciéronme muy buena acogida.

A mí no me pareció mal la moza para el deleite, y lo otro la comodidad de hallármela en casa. Di en poner en ella los ojos; contábales cuentos que yo tenía estudiados para entretener; traíales nuevas, aunque nunca las hubiese; servíales en todo lo que era de balde. Díjelas que sabía encantamentos, y que era nigromante [93], que haría que pareciese que se hundía la casa y que se abrasaba, y otras cosas que ellas, como buenas creedoras, tragaron. Granjeé una voluntad en todos agradecida, pero no enamorada, que, como no estaba tan bien vestido como era razón —aunque ya me había mejorado algo de ropa por medio del alcaide, a quien visitaba siempre, conservando la sangre a pura carne y pan que le comía—, no hacían de mí el caso que era razón.

Di, para acreditarme de rico que lo disimulaba, en enviar a mi casa amigos a buscarme cuando no estaba en ella. Entró uno, el primero, preguntando por el Señor don Ramiro de Guzmán, que así dije que era mi nombre, porque los amigos me habían dicho que no era de costa el mudarse los nombres, y que era útil. Al fin, preguntó por don Ramiro, «un hombre de negocios rico, que hizo agora tres asientos [94] con el Rey». Desconociéronme en esto las huéspedas, y respondieron que allí no vivía sino un don Ramiro de Guzmán, más roto que rico, pequeño de cuerpo, feo de cara y pobre. —«Ése es» —replicó— «el que yo digo. Y no quisiera más renta al servicio de Dios que la que tiene a más de dos mil ducados.» Contoles otros embustes, quedáronse espantadas; y él las dejó una cédula de cambio fingida, que

---

[93] *Nigromante*: El que ejerce la magia negra o diabólica.
[94] *Asientos*: Contratas de servicios públicos.

traía a cobrar en mí, de nueve mil escudos. Díjoles que me la diesen para que la acetase, y fuese.

Creyeron la riqueza la niña y la madre, y acotáronme luego para marido. Vine yo con gran disimulación, y, en entrando, me dieron la cédula, diciendo: —«Dineros y amor mal se encubren, señor don Ramiro. ¿Cómo que nos esconda v. m. quién es, debiéndonos tanta voluntad?» Yo hice como que me había disgustado por el dejar de la cédula, y fuime a mi aposento. Era de ver cómo, en creyendo que tenía dinero, me decían que todo me estaba bien. Celebraban mis palabras; no había tal donaire como el mío. Yo que las vi tan cebadas, declarele mi voluntad a la muchacha, y ella me oyó contentísima, diciéndome mil lisonjas.

Apartámonos; y una noche, para confirmarlas más en mi riqueza, cerreme en mi aposento, que estaba dividido del suyo con sólo un tabique muy delgado, y, sacando cincuenta escudos, estuve contándolos en la mesa tantas veces, que oyeron contar seis mil escudos. Fue esto de verme con tanto dinero de contado, para ellas, todo lo que yo podía desear, porque dieron en desvelarse para regalarme y servirme.

El portugués se llamaba *o senhor* Vasco de Meneses, caballero de la cartilla, digo de Christus [95]. Traía su capa de luto, botas, cuello pequeño y mostachos grandes. Ardía por doña Berenguela de Robledo, que así se llamaba. Enamorábala sentándose a conversación, y suspirando más que beata en sermón de Cuaresma. Cantaba mal, y siempre andaba apuntado con él el catalán, el cual era la criatura más triste y miserable que Dios crió. Comía a tercianas, de tres a tres días, y el pan tan duro que apenas le pudiera morder un maldiciente. Pretendía por lo bravo, y si no era el poner güevos,

---

[95] *Orden de Christus*: Orden religiosa y militar caballeresca, fundada a raíz de la abolición de los templarios, en 1312, por el rey Dionís de Portugal.

no le faltaba otra cosa para ser gallina, porque cacareaba notablemente.

Como vieron los dos que yo iba tan adelante, dieron en decir mal de mí. El portugués decía que era un piojoso, pícaro, desarropado; el catalán me trataba de cobarde y vil. Yo lo sabía todo, y a veces lo oía, pero no me hallaba con ánimo para responder. Al fin, la moza me hablaba y recibía mis billetes. Comenzaba por lo ordinario: «Este atrevimiento, su mucha hermosura de v. m. ...»; decía lo de «me abraso», trataba de penar, ofrecíame por esclavo, firmaba el corazón con la saeta... Al fin, llegamos a los túes, y yo, para alimentar más el crédito de mi calidad, salime de casa y alquilé una mula, y arrebozado y mudando la voz, vine a la posada y pregunté por mí mismo, diciendo si vivía allí su merced del señor don Ramiro de Guzmán, señor del Valcerrado y Vellorete. —«Aquí vive» —respondió la niña— «un caballero de ese nombre, pequeño de cuerpo.» Y, por las señas, dije yo que era él, y la supliqué que le dijese que Diego de Solórzana, su mayordomo que fue de las depositarias, pasaba a las cobranzas, y le había venido a besar las manos. Con esto me fui, y volví a casa de allí a un rato.

Recibiéronme con la mayor alegría del mundo, diciendo que para qué les tenía escondido el ser señor de Valcerrado y Vellorete. Diéronme el recado. Con esto, la muchacha se remató, cudiciosa de marido tan rico, y trazó de que la fuese a hablar a la una de la noche, por un corredor que caía a un tejado, donde estaba la ventana de su aposento.

El diablo, que es agudo en todo, ordenó que, venida la noche, yo, deseoso de gozar la ocasión, me subí al corredor, y, por pasar desde él al tejado que había de ser, vánseme los pies, y doy en el de un vecino escribano tan desatinado golpe, que quebré todas las tejas, y quedaron estampadas en las costillas. Al ruido, despertó la media casa, y pensando que eran ladrones —que son antojadizos dellos los de este oficio—, subieron al tejado. Yo que vi esto, quíseme esconder detrás de una chimenea, y fue aumentar la sospecha, porque el escribano y dos criados y un hermano me molieron a palos y me ataron a vista de mi dama, sin bastarme ninguna diligencia. Mas ella se reía mucho, porque, como yo la había dicho que sabía hacer burlas y encantamentos, pensó que había caído por gracia y nigromancia, y no hacía sino decirme que subiese, que bastaba ya. Con esto, y con los palos y puñadas que me dieron, daba aullidos; y era bueno que ella pensaba que todo era artificio, y no acababa de reír.

Comenzó luego a hacer la causa, y porque me sonaron unas llaves en la faldriquera, dijo y escribió que eran ganzúas y aunque las vio, sin haber remedio de que no lo fuesen. Díjele que era don Ramiro de Guzmán, y riose mucho. Yo triste, que me había visto moler a palos delante de mi dama, y me vi llevar preso sin razón y con mal nombre, no sabía qué hacerme. Hincábame de rodillas, y ni por esas ni por esotras bastaba con el escribano.

Todo esto pasaba en el tejado, que los tales, aun de las tejas arriba levantan falsos testimonios. Dieron orden de bajarme abajo, y lo hicieron por una ventana que caía a una pieza que servía de cocina.

CAPÍTULO VI

Prosigue el cuento, con otros varios sucesos

No cerré los ojos en toda la noche, considerando mi desgracia, que no fue dar en el tejado, sino en las manos del escribano. Y cuando me acordaba de lo de las ganzúas y las hojas que había escrito en la causa, echaba de ver que no hay cosa que tanto crezca como culpa en poder de escribano.

Pasé la noche en resolver trazas; unas veces me determinaba rogárselo por Jesucristo, y considerando lo que le pasó con ellos vivo, no me atrevía. Mil veces me quise desatar, pero sentíame luego, y levantábase a visitarme los nudos, que más velaba él en cómo forjaría el embuste que yo en mi provecho, madrugó al amanecer, y vistiose a hora que en toda su casa no había otros levantados sino él y los testimonios [96]. Agarró la correa, y tornome a repasar las costillas, reprehendiéndome el mal vicio de hurtar como quien tan bien le sabía.

En esto estábamos, él dándome y yo casi determinado de darle a él dineros, que es la sangre con que se labran semejantes diamantes, cuando, incitados y forzados de los ruegos de mi querida, que me había visto caer y apalear, desengañada de que no era encanto sino desdicha, entraron el portugués y el catalán; y en viendo el escribano que me hablaban,

---

[96] *Los testimonios*: Los falsos testimonios que levantaba él.

desenvainando la pluma, los quiso espetar por cómplices en el proceso.

El portugués no lo pudo sufrir, y tratole algo mal de palabra, diciéndole que él era un caballero «fidalgo de casa du Rey», y que yo era un «ome muito fidalgo», y que era bellaquería tenerme atado. Comenzome a desatar y, al punto, el escribano clamó: —«¡Resistencia!»; y dos criados suyos, entre corchetes y ganapanes, pisaron las capas, deshiciéronse los cuellos, como lo suelen hacer para representar las puñadas que no ha habido, y pedían favor al Rey. Los dos, al fin, me desataron, y viendo el escribano que no había quien le ayudase, dijo: —«Voto a Dios que esto no se puede hacer conmigo, y que a no ser vs. ms. quien son, les podría costar caro. Manden contentar estos testigos, y echen de ver que les sirvo sin interés.» Yo vi luego la letra; saqué ocho reales y díselos, y aun estuve por volverle los palos que me había dado; pero, por no confesar que los había recibido, lo dejé, y me fui con ellos, dándoles las gracias de mi libertad y rescate.

Entré en casa con la cara rozada de puros mojicones, y las espaldas algo mohínas de los varapalos. Reíase el catalán mucho, y decía a la niña que se casase conmigo, para volver el refrán al revés, y que no fuese tras cornudo apaleado, sino tras apaleado cornudo. Tratábame de resuelto y sacudido, por los palos; traíame afrentado con estos equívocos. Si entraba a visitarlos, trataban luego de varear; otras veces, de leña y madera.

Yo que me vi corrido y afrentado, y que ya me iban dando en la flor [97] de lo rico, comencé a trazar de salirme de casa; y, para no pagar comida, cama ni posada, que montaba algunos reales, y sacar mi hato libre, traté con un licenciado Brandalagas, natural de Hornillos, y con otros dos amigos suyos, que me viniesen una noche a prender. Llegaron la señalada, y

---

[97] *Flor*: Trampa o fullería.

requirieron a la güéspeda que venían de parte del Santo Oficio, y que convenía secreto. Temblaron todas, por lo que yo me había hecho nigromántico con ellas. Al sacarme a mí callaron; pero, al ver sacar el hato, pidieron embargo por la deuda, y respondieron que eran bienes de la Inquisición. Con esto no chistó alma terrena.

Dejáronles salir, y quedaron diciendo que siempre lo temieron. Contaban al catalán y al portugués lo de aquellos que me venían a buscar; decían entrambos que eran demonios y que yo tenía familiar. Y cuando les contaban del dinero que yo había contado, decían que parecía dinero, pero que no lo era; de ninguna suerte persuadiéronse a ello.

Yo saqué mi ropa y comida horra. Di traza, con los que me ayudaron, de mudar de hábito, y ponerme calza de obra [98] y vestido al uso, cuellos grandes y un lacayo en menudos: dos lacayuelos, que entonces era uso. Animáronme a ello, poniéndome por delante el provecho que se me seguiría de casarme con la ostentación, a título de rico, y que era cosa que sucedía muchas veces en la corte. Y aún añadieron que ellos me encaminarían parte conveniente y que me estuviese bien, y con algún arcaduz [99] por donde se guise. Yo, negro [100] cudicioso de pescar mujer, determineme. Visité no sé cuántas almonedas [101], y compré mi aderezo de casar. Supe dónde se alquilaban caballos, y espeteme en uno el primer día, y no hallé lacayo.

Salime a la calle Mayor, y púseme enfrente de una tienda de jaeces [102], como que concertaba alguno. Llegáronse dos

---

[98]   *Calza de obra*: Con adornos.
[99]   *Arcaduz*: Significa, figuradamente, medio por donde se entabla o consigue alguna pretensión o negocio.
[100]   *Negro*: Taimado, astuto.
[101]   *Almoneda*: Venta pública de bienes muebles con licitación y puja: y por extensión se dice también de la venta de géneros que se anuncian a bajo precio.
[102]   *Jaeces*: Adornos que se ponen a las caballerías.

caballeros, cada cual con su lacayo. Preguntáronme si concertaba uno de plata que tenía en las manos; yo solté la prosa [103] y, con mil cortesías, los detuve un rato. En fin, dijeron que se querían ir al Prado a bureo un poco, y yo, que si no lo tenían a enfado, que los acompañaría. Dejé dicho al mercader que si viniesen allí mis pajes y un lacayo, que los encaminase al Prado. Di señas de la librea, y metime entre los dos y caminamos. Yo iba considerando que a nadie que nos veía era posible el determinar cúyos eran los lacayos, ni cuál era el que no le llevaba.

Empecé a hablar muy recio de las cañas de Talavera, y de un caballo que tenía porcelana [104]. Encarecíales mucho el roldanejo [105] que esperaba de Córdoba. En topando algún paje, caballo o lacayo, los hacía parar y les preguntaba cúyo era, y decía de las señales y si le querían vender. Hacíale dar dos vueltas en la calle, y, aunque no la tuviese, le ponía una falta en el freno, y decía lo que había de hacer para remediarlo. Y quiso mi ventura que topé muchas ocasiones de hacer esto. Y porque los otros iban embelesados, y a mi parecer, diciendo: —«¿Quién será este tagarote [106] escuderón?» —porque el uno llevaba un hábito [107] en los pechos, y el otro una cadena de diamantes, que era hábito y encomienda todo junto—, dije yo que andaba en busca de buenos caballos para mí y a otro primo mío, que entrábamos en unas fiestas.

Llegamos al Prado y, en entrando, saqué el pie del estribo, y puse el talón por defuera y empecé a pasear. Llevaba la capa echada sobre el hombro y el sombrero en la mano.

---

[103] *La prosa*: La labia.
[104] *Porcelana*: De color blanco y azul.
[105] *Roldanejo*: Color de caballo.
[106] *Tagarote*: Clase de halcón de calidad inferior, y de aquí suelen llamar tagarotes unos hidalgos pobres que se pegan adonde pueden comer.
[107] *Hábito*: Insignia con que se distinguían las órdenes militares.

Mirábanme todos; cuál decía: —«Éste yo le he visto a pie»; otro: —«Hola, lindo va el buscón.» Yo hacía como que no oía nada, y paseaba.

Llegáronse a un coche de damas los dos, y pidiéronme que picardease un rato. Dejeles la parte de las mozas, y tomé el estribo de madre y tía. Eran las vejezuelas alegres, la una de cincuenta y la otra punto menos. Díjelas mil ternezas, y oíanme; que no hay mujer, por vieja que sea, que tenga tantos años como presunción. Prometilas regalos y preguntelas del estado de aquellas señoras, y respondieron que doncellas, y se les echaba de ver en la plática. Yo dije lo ordinario: que las viesen colocadas [108] como merecían; y agradoles mucho la palabra colocadas. Preguntáronme tras esto que en qué me entretenía en la corte. Yo les dije que en huir de un padre y madre, que me querían casar contra mi voluntad con mujer fea y necia y mal nacida, por el mucho dote. —«Y yo, señoras, quiero más una mujer limpia en cueros, que una judía poderosa, que, por la bondad de Dios, mi mayorazgo vale al pie de cuatro mil ducados de renta. Y, si salgo con un pleito que traigo en buenos puntos, no habré menester nada». Saltó tan presto la tía: —«¡Ay, señor, y cómo le quiero bien! No se case sino con su gusto y mujer de casta, que le prometo que, con ser yo no muy rica, no he querido casar mi sobrina, con haberle salido ricos casamientos, por no ser de calidad. Ella pobre es, que no tiene sino seis mil ducados de dote, pero no debe nada a nadie en sangre.» —«Eso creo yo muy bien», dije yo.

En esto, las doncellitas remataron la conversación con pedir algo de merendar a mis amigos:

> *Mirábase el uno al otro,*
> *y a todos tiembla la barba.*

---

[108] *Colocadas*: Palabra de estilo culto en aquellos años.

Yo, que vi ocasión, dije que echaba menos [109] mis pajes, por no tener con quien enviar a casa por unas cajas que tenía. Agradeciéronmelo, y yo las supliqué se fuesen a la Casa del Campo al otro día, y que yo las enviaría algo fiambre. Acetaron luego; dijéronme su casa y preguntaron la mía. Y, con tanto, se apartó el coche, y yo y los compañeros comenzamos a caminar a casa.

Ellos, que me vieron largo en lo de la merienda, aficionáronse, y, por obligarme, me suplicaron cenase con ellos aquella noche. Híceme algo de rogar, aunque poco, y cené con ellos, haciendo bajar a buscar mis criados, y jurando de echarlos de casa. Dieron las diez, y yo dije que era plazo de cierto martelo [110] y que, así, me diesen licencia. Fuime, quedando concertados de vernos a la tarde, en la Casa del Campo.

Fui a dar el caballo al alquilador, y desde allí a mi casa. Hallé a los compañeros jugando quinilicas [111]. Conteles el caso y el concierto hecho, y determinamos enviar la merienda sin falta, y gastar docientos reales en ella.

Acostámonos con estas determinaciones. Yo confieso que no pude dormir en toda la noche, con el cuidado de lo que había de hacer con el dote. Y lo que más me tenía en duda era el hacer dél una casa o darlo a censo [112], que no sabía yo cuál sería mejor y de más provecho.

---

[109] *Echar menos*: Echar de menos.
[110] *Martelo*: Enamoramiento, aventura galante, cita amorosa.
[111] *Quinilicas*: De quínola, juego de naipes en que gana la quínola el que hace más puntos.
[112] *Darlo a censo*: Fundar un censo. Establecer una renta hipotecando para su seguridad algunos bienes.

CAPÍTULO VII

En que se prosigue lo mismo, con otros sucesos y desgracias que me sucedieron

Amaneció, y despertamos a dar traza en los criados, plata y merienda. En fin, como el dinero ha dado en mandarlo todo, y no hay quien le pierda el respeto, pagándoselo a un respostero de un señor, me dio plata, y la sirvió él y tres criados.

Pasose la mañana en aderezar lo necesario, y a la tarde ya yo tenía alquilado mi caballito. Tomé el camino, a la hora señalada, para la Casa del Campo. Llevaba toda la pretina llena de papeles, como memoriales, y desabotonados seis botones de la ropilla, y asomados unos papeles. Llegué, y ya estaban allá las dichas y los caballeros y todo. Recibiéronme ellas con mucho amor, y ellos llamándome de vos, en señal de familiaridad. Había dicho que me llamaba don Felipe Tristán, y en todo el día había otra cosa sino don Felipe acá y don Felipe allá. Yo comencé a decir que me había visto tan ocupado con negocios de Su Majestad y cuentas de mi mayorazgo, que había temido el no poder cumplir; y que, así las apercibía a merienda de repente.

En esto, llegó el repostero con su jarcia [113], plata y mozos; los otros y ellas no hacían sino mirarme y callar. Mandele que fuese al cenador y aderezase allí, que entre tanto nos

---

[113] *Jarcia*: Carga de muchas cosas distintas para un uso o fin.

íbamos a los estanques. Llegáronse a mí las viejas a hacerme regalos, y holgueme de ver descubiertas las niñas, porque no he visto, desde que Dios me crió, tan linda cosa como aquella en quien yo tenía asestado el matrimonio: blanca, rubia, colorada, boca pequeña, dientes menudos y espesos, buena nariz, ojos rasgados y verdes, alta de cuerpo, lindas manazas y zazosita [114]. La otra no era mala, pero tenía más desenvoltura, y dábame sospechas de hocicada [115].

Fuimos a los estanques, vímoslo todo y, en el discurso, conocí que la mi desposada corría peligro en tiempo de Herodes, por inocente. No sabía; pero como yo no quiero las mujeres para consejeras ni bufonas, sino para acostarme con ellas, y si son feas y discretas es lo mismo que acostarse con Aristóteles o Séneca o con un libro, procúrolas de buenas partes para el arte de las ofensas; que, cuando sea boba, harto sabe si me sabe bien. Esto me consoló. Llegamos cerca del cenador, y, al pasar una enramada, prendióseme en un árbol la guarnición del cuello y desgarrose un poco. Llegó la niña, y prendiómelo con un alfiler de plata, y dijo la madre que enviase el cuello a su casa al otro día, que allá lo aderezaría doña Ana, que así se llamaba la niña.

Estaba todo cumplidísimo; mucho que merendar, caliente y fiambre, frutas y dulces. Levantaron los manteles y, estando en esto, vi venir un caballero con dos criados, por la güerta adelante. Y cuando no me cato, conozco a mi buen don Diego Coronel. Acercose a mí, y como estaba en aquel hábito, no hacía sino mirarme. Habló a las mujeres y tratolas de primas; y, a todo esto, no hacía sino volver y mirarme. Yo me estaba hablando con el repostero, y los otros dos, que eran sus amigos, estaban en gran conversación con él.

---

[114] *Zazosita*: De zazo, tartajoso, que cecea.
[115] *Hocicada*: Besada. Hocicar, besucar, besar descompuestamente.

174

Preguntoles, según se echó de ver después, mi nombre, y ellos dijeron: —«Don Felipe Tristán, un caballero muy honrado y rico.» Veíale yo santiguarse. Al fin, delante dellas y de todos, se llegó a mí y dijo: —«V. m. me perdone, que por Dios que le tenía, hasta que supe su nombre, por bien diferente de lo que es; que no he visto cosa tan parecida a un criado que yo tuve en Segovia, que se llamaba Pablillos, hijo de un barbero del mismo lugar.» Riéronse todos mucho, y yo me esforcé para que no me desmintiese la color, y díjele que tenía deseo de ver aquel hombre, porque me habían dicho infinitos que le era parecidísimo. —«¡Jesús!» —decía el don Diego—. «¿Cómo parecido? El talle, la habla, los meneos... ¡No he visto tal cosa! Digo, señor, que es admiración grande, y que no he visto cosa tan parecida.» Entonces las viejas, tía y madre, dijeron que cómo era posible que a un caballero tan principal se pareciese un pícaro tan bajo como aquél. Y porque no sospechase nada dellas, dijo la una: —«Yo le conozco muy bien al señor don Felipe, que es el que nos hospedó por orden de mi marido, que fue gran amigo suyo, en Ocaña.» Yo entendí la letra, y dije que mi voluntad era y sería de servirlas con mi poca posibilidad en todas partes.

El don Diego se me ofreció, y me pidió perdón del agravio que me había hecho en tenerme por el hijo del barbero. Y añadía: —«No creerá v. m.; su madre era hechicera, su padre ladrón y su tío verdugo, y él el más ruin hombre y más mal inclinado que Dios tiene en el mundo.» ¿Qué sentiría yo oyendo decir de mí, en mi cara, tan afrentosas cosas? Estaba, aunque lo disimulaba, como en brasas.

Tratamos de venirnos al lugar. Yo y los otros dos nos despedimos, y don Diego se entró con ellas en el coche. Preguntolas que qué era la merienda y el estar conmigo, y la madre y tía dijeron cómo yo era un mayorazgo de tantos ducados de renta, y que me quería casar con Anica; que se informase y vería si era cosa, no sólo acertada, sino de mucha honra para todo su linaje.

En esto pasaron el camino hasta su casa, que era en la calle del Arenal, a San Felipe. Nosotros nos fuimos a casa juntos, como la otra noche. Pidiéronme que jugase, cudiciosos de pelarme. Yo entendiles la flor y senteme. Sacaron naipes: estaban hechos [116]. Perdí una mano. Di en irme por abajo, y ganeles cosa de trescientos reales; y con tanto, me despedí y vine a mi casa.

Topé a mis compañeros, licenciado Brandalagas y Pero López, los cuales estaban estudiando en unos dados tretas flamantes. En viéndome lo dejaron, cudiciosos de preguntarme lo que me había sucedido. Yo venía cariacontecido y encapotado; no les dije más de que me había visto en un grande aprieto. Conteles cómo me había topado con don Diego, y lo que me había sucedido. Consoláronme, aconsejando que disimulase y no desistiese de la pretensión por ningún camino ni manera.

En esto, supimos que se jugaba, en casa de un vecino boticario, juego de parar. Entendíalo yo entonces razonablemente, porque tenía más flores que un mayo, y barajas hechas, lindas. Determinámonos de ir a darles un muerto —que así se llama el enterrar una bolsa—; envió los amigos delante, entraron en la pieza, y dijeron si gustarían de jugar con un fraile benito que acababa de llegar a curarse en casa de unas primas suyas, que venía enfermo y traía mucho del real de a ocho y escudo. Crecioles a todos el ojo, y clamaron: —«¡Venga el fraile enhorabuena!» —«Es hombre grave en la orden» —replicó Pero López— «y, como ha salido, se quiere entretener, que él más lo hace por la conversación.» —«Venga, y sea por lo que fuere.» —«No ha de entrar nadie de fuera, por el recato», dijo Brandalagas. —«No ha tratar de más», respondió el huésped.

---

[116] *Hechos*: Preparados, refiriéndose a los naipes.

Con esto, ellos quedaron ciertos del caso, y creída la mentira.

Vinieron los acólitos, y ya yo estaba con un tocador en la cabeza, mi hábito de fraile benito, unos antojos y mi barba, que por ser atusada no desayudaba. Entré muy humilde, senteme, comenzose el juego. Ellos levantaban [117] bien; iban tres al mohíno, pero quedaron mohínos los tres, porque yo, que sabía más que ellos, les di tal gatada [118] que, en espacio de tres horas, me llevé más de mil y trescientos reales. Di baratos y, con mi «loado sea Nuestro Señor», me despedí, encargándoles que no recibiesen escándalo de verme jugar, que era entretenimiento y no otra cosa. Los otros, que habían perdido cuanto tenían, dábanse a mil diablos. Despedime, y salímonos fuera.

Venimos a casa a la una y media, y acostámonos después de haber partido la ganancia. Consoleme con esto algo de lo sucedido, y, a la mañana, me levanté a buscar mi caballo, y no hallé por alquilar ninguno; en lo cual conocí que había otros muchos como yo. Pues andar a pie pareciera mal, y más entonces, fuime a San Felipe, y topeme con un lacayo de un letrado, que tenía un caballo y le aguardaba, que se había acabado de apear a oír misa. Metile cuatro reales en la mano, porque mientras su amo estaba en la iglesia, me dejase dar dos vueltas en el caballo por la calle el Arenal, que era la de mi señora.

Consintió, subí en el caballo, y di dos vueltas calle arriba y calle abajo, sin ver nada; y, al dar la tercera, asomose doña Ana. Yo que la vi, y no sabía las mañas del caballo ni era buen jinete, quise hacer galantería. Dile dos varazos, tirele de la rienda; empínase y, tirando dos coces, aprieta a correr y da conmigo por las orejas en un charco.

---

[117] *Levantar*: Cargar, aumentar la postura.
[118] *Gatada*: Acción vituperable.

Yo que me vi así, y rodeado de niños que se habían llegado, y delante de mi señora, empecé a decir: —«¡Oh, hi de puta! ¡No fuérades vos valenzuela! [119] Estas temeridades me han de acabar. Habíanme dicho las mañas, y quise porfiar con él.» Traía el lacayo ya el caballo, que se paró luego. Yo torné a subir; y, al ruido, se había asomado don Diego Coronel, que vivía en la misma casa de sus primas. Yo que le vi, me demudé. Preguntome si había sido algo; dije que no, aunque tenía estropeada una pierna. Dábame el lacayo priesa, porque no saliese su amo y lo viese, que había de ir a palacio.

Y soy tan desgraciado, que, estándome diciendo el lacayo que nos fuésemos, llega por detrás el letradillo, y, conociendo su rocín, arremete al lacayo y empieza a darle de puñadas, diciendo en altas voces que qué bellaquería era dar su caballo a nadie. Y lo peor fue que, volviéndose a mí, dijo que me apease con Dios, muy enojado. Todo pasaba a vista de mi dama y de don Diego: no se ha visto en tanta vergüenza ningún azotado. Estaba tristísimo de ver dos desgracias tan grandes en un palmo de tierra. Al fin, me hube de apear; subió el letrado y fuese. Y yo, por hacer la deshecha, quedeme hablando desde la calle con don Diego, y dije: —«En mi vida subí en tan mala bestia. Está ahí mi caballo overo en San Felipe, y es desbocado en la carrera y trotón. Dije cómo yo le corría y hacía parar; dijeron que allí estaba uno en que no lo haría, y era éste deste licenciado. Quise probarlo. No se puede creer qué duro es de caderas; y con mala silla, fue milagro no matarme.» —«Sí fue» —dijo don Diego—; «y, con todo, parece que se siente v. m. de esa pierna.» —«Sí siento» —dije yo—; «y me quema ir a tomar mi caballo y a casa.»

---

[119] *Valenzuela*: Famosa casta de caballos que tomaron el nombre de don Juan de Valenzuela, caballerizo mayor del duque de Sesa.

La muchacha quedó satisfecha y con lástima de mi caída, mas el don Diego cobró mala sospecha de lo del letrado, y fue totalmente causa de mi desdicha, fuera de otras muchas que me sucedieron. Y la mayor y fundamento de las otras fue que, cuando llegué a casa, y fui a ver una arca, adonde tenía en una maleta el dinero que me había quedado de mi herencia y lo que había ganado —menos cien reales que yo traía conmigo— hallé que el buen licenciado Brandalagas y Pero López habían cargado con ello, y no parecían. Quedé como muerto, sin saber qué consejo tomar de mi remedio. Decía entre mí: —«¡Malhaya quien fía en hacienda mal ganada, que se va como se viene! ¡Triste de mí! ¿Qué haré?» No sabía si irme a buscarlos, si dar parte a la justicia. Esto no me parecía bien, porque, si los prendían, habían de aclarar lo del hábito y otras cosas, y era morir en la horca. Pues seguirlos, no sabía por dónde. Al fin, por no perder también el casamiento, que ya yo me consideraba remediado con el dote, determiné de quedarme y apretarlo sumamente.

Comí, y a la tarde alquilé mi caballico, y fuime hacia la calle; y como no llevaba lacayo, por no pasar sin él, aguardaba a la esquina, antes de entrar, a que pasase algún hombre que lo pareciese, y, en pasando, partía detrás dél, haciéndole lacayo sin serlo; y en llegando al fin de la calle, metíame detrás de la esquina, hasta que volviese otro que lo pareciese; metíame detrás, y daba otra vuelta.

Yo no sé si fue la fuerza de la verdad de ser yo el mismo pícaro que sospechaba don Diego, o si fue la sospecha del caballo del letrado, u qué se fue, que don Diego se puso a inquirir quién era y de qué vivía, y me espiaba. En fin, tanto hizo, que por el más extraordinario camino del mundo supo la verdad; porque yo apretaba en lo del casamiento, por papeles, bravamente, y él, acosado de ellas, que tenían deseo de acabarlo, andando en mi busca, topó con el licenciado Flechilla, que fue el que me convidó a comer cuando yo estaba con los caballeros. Y éste, enojado de cómo yo no le había vuelto a ver, hablando con don Diego, y sabiendo cómo yo había sido su criado, le dijo de la suerte que me encontró cuando me llevó a comer, y que no había dos días que me había topado a caballo muy bien puesto, y le había contado cómo me casaba riquísimamente.

No aguardó más don Diego, y, volviéndose a su casa, encontró con los dos caballeros del hábito y la cadena amigos míos, junto a la Puerta del Sol, y contoles lo que pasaba, y díjoles que se aparejasen y, en viéndome a la noche en la calle, que me magullasen los cascos; y que me conocerían en la capa que él traía, que la llevaría yo. Concertáronse, y, en entrando en la calle, topáronme; y disimularon de suerte los tres que jamás pensé que eran tan amigos míos como entonces. Estuvímonos en conversación, tratando de lo que sería bien hacer a la noche, hasta el avemaría[120]. Entonces despidiéronse los dos; echaron hacia abajo, y yo y don Diego quedamos solos y echamos a San Felipe.

Llegando a la entrada de la calle de la Paz, dijo don Diego: —«Por vida de don Felipe, que troquemos capas, que me importa pasar por aquí y que no me conozcan.» —«Sea en buena hora», dije yo. Tomé la suya inocentemente, y dile la mía. Ofrecile mi persona para hacerle espaldas[121], mas él, que tenía trazado el deshacerme las mías, dijo que le importaba ir solo, que me fuese.

No bien me aparté dél con su capa, cuando ordena el diablo que dos que lo aguardaban para cintarearlo por una mujercilla, entendiendo por la capa que yo era don Diego, levantan y empiezan una lluvia de espaldarazos sobre mí. Yo di voces, y en ellas y la cara conocieron que no era yo. Huyeron, y yo quedeme en la calle con los cintarazos, disi-

---

[120] *Avemaría:* Toque de campanas al anochecer, cuando se reza el *Angelus*.
[121] *Hacer espaldas*: Acompañar para defender y guardar la retirada.

mulé tres o cuatro chichones que tenía, y detúveme un rato, que no osé entrar en la calle, de miedo. En fin, a las doce, que era a la hora que solía hablar con ella, llegué a la puerta; y, emparejando, cierra uno de los dos que me aguardaban por don Diego, con un garrote conmigo, y dame dos palos en las piernas, y derríbame en el suelo; y llega el otro, y dame un trasquilón de oreja a oreja, y quítanme la capa, y dejándome en el suelo, diciendo: —«¡Así pagan los pícaros embustidores mal nacidos!»

Comencé a dar gritos y a pedir confesión; y como no sabía lo que era —aunque sospechaba por las palabras que acaso era el huésped de quien me había salido con la traza de la Inquisición...; y, al fin, yo esperaba de tantas partes la cuchillada, que no sabía a quién echársela; pero nunca sospeché en don Diego ni en lo que era—, daba voces: —«¡A los capeadores!» [122]. A ellas vino la justicia; levantáronme, y, viendo mi cara con una zanja de un palmo, y sin capa ni saber lo que era, asiéronme para llevarme a curar. Metiéronme en casa de un barbero, curome, preguntáronme dónde vivía, y lleváronme allá.

Acostáronme, y quedé aquella noche confuso, viendo mi cara de dos pedazos, y tan lisiadas las piernas de los palos, que no me podía tener en ellas ni las sentía, robado, y de manera que ni podía seguir a los amigos, ni tratar del casamiento, ni estar en la corte, ni ir fuera.

---

[122] *Capeadores*: Clase de ladrones que robaban capas, tomándolas de ordinario de noche, corriendo a todo correr.

CAPÍTULO VIII

De mi cura y otros sucesos peregrinos

He aquí a la mañana amanece a mi cabecera la huéspeda de la casa, vieja de bien, edad de marzo [123] —cincuenta y cinco— con su rosario grande y su cara hecha en orejón [124] o cáscara de nuez, según estaba arada. Tenía buena fama en el lugar, y echábase a dormir con ella y con cuantos querían; templaba gustos y careaba placeres. Llamábase tal de la Guía; alquilaba su casa, y era corredora para alquilar otras. En todo el año no se vaciaba la posada de gente.

Era de ver cómo ensayaba una muchacha en el taparse, lo primero enseñándola cuáles cosas había de descubrir de su cara. A la de buenos dientes, que riese siempre, hasta en los pésames; a la de buenas manos, se las enseñaba a esgrimir; a la rubia, un bamboleo de cabellos, y un asomo de vedijas [125] por el manto y la toca estremado; a buenos ojos, lindos bailes con las niñas y dormidillos [126], cerrándolos, elevaciones mirando arriba. Pues tratada en materia de afeites, cuervos entraban y les corregía las caras de manera que, al entrar en sus casas, de puro blancas no las conocían sus maridos. Y en

---

[123] *Marzo*: En el juego de la «primera» se llama *mano* la reunión del seis, siete y el as de un palo, que valían cincuenta y cinco puntos.

[124] *Orejón*: Pedazo de melocotón, albaricoque y aun pera en forma de cinta, secado al aire.

[125] *Vedijas*: Región de las partes pudendas.

[126] *Dormidillos*: Coqueteo muy de la época, a juzgar por las frecuentes alusiones.

lo que ella era más estremada era en arremedar virgos y ado-
bar doncellas. En solo ocho días que yo estuve en casa, la vi
hacer todo esto. Y, para remate de lo que era, enseñaba a
pelar [127], y refranes que dijesen, a las mujeres. Allí les decía
cómo habían de encajar la joya [128]: las niñas por gracia, las
mozas por deuda, y las viejas por respeto y obligación. Enseñaba pediduras para dinero seco, y pediduras para cadenas y
sortijas. Citaba a la Vidaña, su concurrente en Alcalá, y a la
Plañosa, en Burgos, mujeres de todo embustir.

Esto he dicho para que se me tenga lástima de ver a las
manos que vine, y se ponderen mejor las razones que me
dijo; y empezó por estas palabras, que siempre hablaba por
refranes: —«De do sacan y no pon, hijo don Felipe, presto
llegan al hondón; de tales polvos, tales lodos; de tales bodas,
tales tortas. Yo no te entiendo, ni sé tu manera de vivir. Mozo
eres; no me espanto que hagas algunas travesuras, sin mirar
que, durmiendo, caminanos a la güesa; yo, como montón de
tierra, te lo puedo decir. ¡Qué cosa es que me digan a mí que
han desperdiciado mucha hacienda sin saber cómo, y que te
han visto aquí ya estudiante, ya pícaro, ya caballero, y todo
por las compañías! Dime con quién andas, hijo, y direte
quién eres; cada oveja con su pareja; sábete, hijo, que de la
mano a la boca se pierde la sopa. Anda, bobillo, que si te
enquietaban mujeres, bien sabes tú que soy yo fiel [129] perpetuo, en esta tierra, de esa mercaduría, y que me sustento de
las posturas [130], así que enseño como que pongo, y que nos

---

[127]   *Pelar*: Comer a uno su hacienda.
[128]   *Encajar la joya*: Lo más probable es que se refiera al modo de aceptar
la joya con que el galán trata de obligar a la dama, como es de recibo en estos
asuntos. A continuación enseña cómo se ha de pedir.
[129]   *Fiel*: Cargo en las repúblicas del que tiene cuidado de mirar las merca-
derías que se venden, y si se da en ellas el peso justo y correcto.
[130]   *Posturas*: El precio en que se pone alguna cosa, que se puede vender o
que está expuesta a la venta.

damos con ellas en casa; y no andarte con un pícaro y otro pícaro, tras una alcorzada [131] y otra redomada, que gasta las faldas con quien hace sus mangas [132]. Yo te juro que hubieras ahorrado muchos ducados si te hubieras encomendado a mí, porque no soy nada amiga de dineros. Y por mis entenados [133] y difuntos, y así yo haya buen acabamiento, que aun lo que me debes de la posada no te lo pidiera agora, a no haberlo menester para unas candelicas y hierbas»; que trataba en botes sin ser boticaria, y si la untaban las manos, se untaba y salía de noche por la puerta del humo.

Yo que vi que había acabado la plática y sermón en pedirme —que, con su tema, acabó en él, y no comenzó, como todos hacen—, no me espanté [134] de la visita, que no me había hecho otra vez mientras había sido su huésped, si no fue un día que me vino a dar satisfacciones de que había oído que me habían dicho no sé qué de hechizos, y que la quisieron prender y escondió la calle; vínome a desengañar y a decir que era otra Guía; y no es de espantar que, con tales guías, vamos todos desencaminados.

Yo la conté su dinero y, estándosele dando, la desventura, que nunca me olvida, y el diablo, que se acuerda de mí, trazó que la venían a prender por amancebada, y sabían que estaba el amigo en casa. Entraron en mi aposento y, como me vieron en la cama, y a ella conmigo, cerraron con ella y conmigo, y diéronme cuatro o seis empellones muy grandes, y arrastráronme fuera de la cama. A ella la tenían asida otros

---

[131]   *Alcorzada*: Figuradamente, llena de afeites como la alcorza. La alcorza es una pasta muy blanca de azúcar y almidón con la que se suelen cubrir algunas clases de dulces.

[132]   *Que gasta las faldas con quien hace sus mangas*: Que sólo concede sus favores a quien ella despluma. *Mangas* puede tener varios sentidos: engaños, robos, etc.

[133]   *Entenados*: Antepasados.

[134]   *Espantarse*: Asombrarse.

dos, tratándola de alcagüeta y bruja. ¡Quién tal pensara de una mujer que hacía la vida referida!

A las voces del alguacil y a mis quejas, el amigo, que era un frutero que estaba en el aposento de adentro, dio a correr. Ellos que lo vieron, y supieron por lo que decía otro güésped de casa que yo lo era, arrancaron tras el pícaro, y asiéronle, y dejáronme a mí repelado y apuñeado; y con todo mi trabajo, me reía de lo que los picarones decían a la Guía. Porque uno la miraba y decía: —«¡Qué bien os estará una mitra, madre, y lo que me holgaré de veros consagrar tres mil nabos a vuestro servicio!» Otro: —«Ya tienen escogidas plumas los señores alcaldes, para que estrenéis bizarra.» Al fin, trujeron el picarón, y atáronlos a entrambos. Pidiéronme perdón, y dejáronme solo.

Yo quedé algo aliviado de ver a mi buena huéspeda en el estado que tenía sus negocios; y así, no tenía otro cuidado sino el de levantarme a tiempo que la tirase mi naranja. Aunque, según las cosas que contaba una criada que quedó en casa, yo desconfié de su prisión, porque me dijo no sé qué de volar, y otras cosas que no me sonaron bien.

Estuve en la casa curándome ocho días, y apenas podía salir; diéronme doce puntos en la cara, y hube de ponerme muletas. Hallame sin dinero, porque los cien reales se consumieron en la cura, comida y posada; y así, por no hacer más gasto no teniendo dinero, determiné de salirme con dos muletas de la casa, y vender mi vestido, cuellos y jubones, que era todo muy bueno. Hícelo, y compré con lo que me dieron un coleto de cordobán [135] viejo y un jubonazo de estopa famoso, mi gabán de pobre, remendado y largo, mis polainas y zapatos grandes, la capilla del gabán en la cabeza; un Cristo de bronce traía colgando del cuello, y un rosario.

---

[135] *Cordobán*: Piel de macho cabrío o de cabra.

Impúsome en la voz y frases doloridas de pedir un pobre que entendía de la arte mucho; y así, comencé luego a ejercitallo por las calles. Cosime sesenta reales que me sobraron, en el jubón; y, con esto, me metí a pobre, fiado en mi buena prosa. Anduve ocho días por las calles, aullando en esta forma, con voz dolorida y realzamiento de plegarias: —«¡Dadle, buen cristiano, siervo del Señor, al pobre lisiado y llagado; que me veo y me deseo!» Esto decía los días de trabajo, pero los días de fiesta comenzaba con diferente voz, y decía: —«¡Fieles cristianos y devotos del Señor! ¡Por tan alta princesa como la Reina de los Ángeles, Madre de Dios, dadle una limosna al pobre tullido y lastimado de la mano del Señor!» Y paraba un poco —que es de grande importancia—, y luego añadía: —«¡Un aire corruto [136], en hora menguada, trabajando en una viña, me trabó mis miembros, que me vi sano y bueno como se ven y se vean, loado sea el Señor!»

Venían con esto los ochavos trompicando, y ganaba mucho dinero. Y ganaba más, si no se me atravesara un mocetón mal encarado, manco de los brazos y con una pierna menos, que me rondaba las mismas calles en un carretón, y cogía más limosna con pedir mal criado. Decía con voz ronca, rematando en chillido: —«¡Acordaos, siervos de Jesucristo, del castigado el Señor por sus pecados! ¡Dadle al pobre lo que Dios reciba!» Y añadía: —«¡Por el buen Jesús!», y ganaba que era un juicio [137]. Yo advertí, y no dije más *Jesús*, sino quitábale la *s*, y movía a más devoción. Al fin, yo mudé de frasecicas, y cogía maravillosa mosca.

Llevaba metidas entrambas piernas en una bolsa de cuero, y liadas, y mis dos muletas. Dormía en un portal de un cirujano, con un pobre de cantón, uno de los mayores bellacos

---

[136] *Un aire corruto, en hora menguada*: Véase nota 91.
[137] *Era un juicio*: Era cosa de admiración.

que Dios crió. Estaba riquísimo, y era como nuestro retor; ganaba más que todos; tenía una potra [138] muy grande, y atábase con un cordel el brazo por arriba, y parecía que tenía hinchada la mano y manca, y calentura, todo junto. Poníase echado boca arriba en su puesto, y con la potra defuera, tan grande como una bola de puente, y decía: —«¡Miren la pobreza y el regalo que hace el Señor al cristiano!» Si pasaba mujer, decía: —«¡Ah, señora, hermosa, sea Dios en su ánima»; y las más, porque las llamase así, le daban limosna, y pasaban por allí aunque no fuese camino para sus visitas. Si pasaba un soldadico: —«¡Ah, señor capitán!», decía; y si otro hombre cualquiera: —«¡Ah, señor caballero!» Si iba alguno en coche, luego le llamaba *señoría*, y si clérigo en mula, *señor arcediano* [139]. En fin, él adulaba terriblemente. Tenía modo diferente para pedir los días de los santos; y vine a tener tanta amistad con él, que me descubrió un secreto con que, en dos días, estuvimos ricos. Y era que este tal pobre tenía tres muchachos pequeños, que recogían limosna por las calles y hurtaban lo que podían: dábanle cuenta a él, y todo lo guardaba. Iba a la parte con dos niños de cajuela [140] en las sangrías que hacían dellas. Yo tomé el mismo arbitrio, y él me encaminó [141] la gentecica a propósito.

Halleme en menos de un mes con más de docientos reales horros. Y últimamente me declaró, con intento que nos fuésemos juntos, al mayor secreto y la más alta industria que cupo en mendigo, y la hicimos entrambos. Y era que hurtábamos niños, cada día, entre los dos, cuatro o cinco; pregonábanlos, y salíamos nosotros a preguntar las señas, y decía-

---

138 *Potra*: Hernia.
139 *Arcediano*: Antiguamente, el primero o principal de los diáconos. Hoy es dignidad en las iglesias catedrales.
140 *Niños de cajuela*: Que pedían limosna con una hucha o cepillo.
141 *Encaminó*: Envió.

mos: —«Por cierto, señor, que le topé a tal hora, y que si no llego, que le mata un carro; en casa está.» Dábannos el hallazgo, y veníamos a enriquecer de manera que me hallé yo con cincuenta escudos, y ya sano de las piernas, aunque las traía entrapajadas.

Determiné de salirme de la corte, y tomar mi camino para Toledo, donde ni conocía ni me conocía nadie. Al fin, yo me determiné. Compré un vestido pardo, cuello y espada, y despedime de Valcázar, que era el pobre que dije, y busqué por los mesones en qué ir a Toledo.

CAPÍTULO IX

En que me hago representante, poeta y galán de monjas

Topé en un paraje una compañía de farsantes que iban a Toledo. Llevaban tres carros, y quiso Dios que, entre los compañeros, iba uno que lo había sido mío del estudio en Alcalá, y había renegado y metídose al oficio. Díjele lo que me importaba ir allá y salir de la corte; y apenas el hombre me conocía con la cuchillada, y no hacía sino santiguarse de mi *per signum crucis*. Al fin, me hizo amistad, por mi dinero, de alcanzar de los demás lugar para que yo fuese con ellos.

Íbamos barajados hombres y mujeres, y una entre ellas, la bailarina, que también hacía las reinas y papeles graves en la comedia, me pareció estremada sabandija. Acertó a estar su marido a mi lado, y yo, sin pensar a quien hablaba, llevado del deseo de amor y gozarla, díjele: —«A esta mujer, ¿por qué orden la podremos hablar, para gastar con su merced unos veinte escudos, que me ha parecido hermosa?» —«No me está bien a mí el decirlo, que soy su marido» —dijo el hombre—, «ni tratar deso; pero sin pasión, que no me mueve ninguna, se puede gastar con ella cualquier dinero, porque tales carnes no tiene el suelo, ni tal juguetoncita.» Y diciendo esto, saltó del carro y fuese al otro, según pareció, por darme lugar a que la hablase.

191

Cayome en gracia la respuesta del hombre, y eché de ver que éstos son de los que dijera algún bellaco que cumplen el preceto de San Pablo de tener mujeres como si no las tuviesen, torciendo la sentencia en malicia. Yo gocé de la ocasión, hablela, y preguntome que adónde iba, y algo de mi vida. Al fin, tras muchas palabras, dejamos concertadas para Toledo las obras. Íbamonos holgando por el camino mucho.

Yo, acaso, comencé a representar un pedazo de la comedia de San Alejo, que me acordaba de cuando muchacho, y represéntelo de suerte que les di cudicia. Y sabiendo, por lo que yo le dije a mi amigo que iba en la compañía, mis desgracias y descomodidades, díjome que si quería entrar en la danza con ellos. Encareciéronme tanto la vida de la farándula; y yo, que tenía necesidad de arrimo, y me había parecido bien la moza, concerteme por dos años con el autor [142]. Hícele escritura de estar con él, y diome mi ración y representaciones. Y con tanto, llegamos a Toledo.

Diéronme que estudiase tres o cuatro loas [143], y papeles de barba [144], que los acomodaba bien con mi voz. Yo puse cuidado en todo, y eché la primera loa en el lugar. Era de una nave —de lo que son todas— que venía destrozada y sin provisión; decía lo de «éste es el puerto», llamaba a la gente «senado», pedía perdón de las faltas y silencio, y entreme. Hubo un víctor [145] de rezado, y al fin parecí bien en el teatro.

Representamos una comedia de un representante nuestro, que yo me admiré de que fuesen poetas, porque pensaba que el serlo era de hombres muy doctos y sabios, y no de gente tan sumamente lega. Y está ya de manera esto, que no hay

---

[142] *Autor*: Director de la comedia.

[143] *Loa*: Pieza, generalmente en monólogo, con que se comenzaba la representación. En ella se refería algún acontecimiento, se elogiaba la ciudad en que se representaba o algún personaje, y se pedía la atención del público.

[144] *Papeles de barba*: Papeles de carácter.

[145] *Víctor*: Exclamación aprobatoria, correspondiente al moderno ¡Bravo! «De rezado»: significa «con voz corriente», sin grandes gritos.

autor que no escriba comedias, ni representante que no haga su farsa de moros y cristianos; que me acuerdo yo antes, que si no eran comedias del buen Lope de Vega, y Ramón[146], no había otra cosa.

Al fin, hízose la comedia el primer día, y no la entendió nadie; al segundo, empezámosla, y quiso Dios que empezaba por una guerra, y salía yo armado y con rodela, que, si no, a manos del mal membrillo, tronchos y badeas[147], acabo. No se ha visto tal torbellino, y ello merecíalo la comedia; porque traía un rey de Normandía, sin propósito, en hábito de ermitaño, y metía dos lacayos por hacer reír; y al desatar de la maraña, no había más de casarse todos, y allá vas. Al fin, tuvimos nuestro merecido.

Tratamos todos muy mal al compañero poeta, y yo principalmente, diciéndole que mirase de la que nos habíamos escapado y escarmentase. Díjome que jurado a Dios, que no era suyo nada de la comedia, sino que de un paso[148] tomado de uno, y otro de otro, había hecho aquella capa de pobre, de remiendo, y que el daño no había estado sino en lo mal zurcido. Confesome que los farsantes que hacían comedias todo les obligaba a restitución, porque se aprovechaban de cuanto habían representado, y que era muy fácil, y que el interés de sacar trescientos o cuatrocientos reales, les ponía a aquellos riesgos; lo otro, que como andaban por esos lugares, les leen unos y otros comedias: —«Tomámoslas para verlas, llevámonoslas, y, con añadir una necedad y quitar una cosa bien dicha, decimos que es nuestra.» Y declarome cómo no había habido farsante jamás que supiese hacer una copla de otra manera.

---

[146] *Ramón*: Fray Alonso Ramón o Remón, poeta dramático muy celebrado por sus contemporáneos. Cervantes y Lope de Vega hablan de él con elogios. Hoy se conocen muy pocas comedias suyas.

[147] *Badeas*: Sandía o melón de mala calidad.

[148] *Paso*: Pasaje o trozo.

No me pareció mal la traza, y yo confieso que me incliné a ella, por hallarme con algún natural a la poesía; y más, que tenía yo conocimiento con algunos poetas, y había leído a Garcilaso; y así, determiné de dar en el arte. Y con esto y la farsanta y representar, pasaba la vida; que pasado un mes que había estábamos en Toledo, haciendo comedias buenas y enmendando el yerro pasado, ya yo tenía nombre, y habían llegado a llamarme Alonsete, que yo había dicho llamarme Alonso; y por otro nombre me llamaban *el Cruel*, por serlo una figura que había hecho con gran aceptación de los mosqueteros [149] y chusma vulgar. Tenía ya tres pares de vestidos, y autores que me pretendían sonsacar de la compañía. Hablaba ya de entender de la comedia, murmuraba de los famosos, reprehendía los gestos a Pinedo, daba mi voto en el reposo natural de Sánchez, llamaba borrico a Morales [150], pedíanme el parecer en el adorno de los teatros y trazar las apariencias [151]. Si alguno venía a leer comedia, yo era el que la oía.

Al fin, animado con este aplauso, me desvirgué de poeta en un romancico, y luego hice un entremés, y no pareció mal. Atrevime a una comedia, y porque no escapase de ser divina cosa, la hice de Nuestra Señora del Rosario. Comenzaba con chirimías, había sus ánimas de Purgatorio y sus demonios, que se usaban entonces, con su «bu, bu» al salir, y «ri, ri» al entrar; caíale muy en gracia al lugar el nombre de Satán en las coplas, y el tratar luego de si cayó del cielo, y tal. En fin, mi comedia se hizo, y pareció bien.

No me daba manos a trabajar, porque acudían a mí enamorados, unos por coplas de cejas, y otros de ojos, cuál

---

[149] *Mosqueteros*: El populacho que presenciaba la representación de pie en el patio.
[150] Baltasar Pinedo, Hernán Sánchez de Vargas y Alonso de Morales fueron célebres y elogiados cómicos de la época.
[151] *Apariencias*: Decorados y tramoyas teatrales.

soneto de manos, y cuál romancico para cabellos. Para cada cosa tenía su precio, aunque, como había otras tiendas, porque acudiesen a la mía, hacía barato.

¿Pues villancicos? Hervía en sacristanes y demandaderas de monjas; ciegos [152] me sustentaban a pura oración —ocho reales de cada una—; y me acuerdo que hice entonces la del Justo Juez, grave y sonorosa, que provocaba a gestos. Escribí para un ciego, que las sacó en su nombre, las famosas que empiezan:

Madre del Verbo humanal,
Hija del Padre divino,
dame gracia virginal, etc.

Fui el primero que introdujo acabar las coplas como los sermones, con «aquí gracia y después gloria», en esta copla de un cautivo de Tetuán:

Pidámosle sin falacia
al alto Rey sin escoria,
pues ve nuestra pertinacia,
que nos quiera dar su gracia,
y después allá la gloria. Amén.

Estaba viento en popa con estas cosas, rico y próspero, y tal, que casi aspiraba ya a ser autor. Tenía mi casa muy bien aderezada, porque había dado, para tener tapicería barata, en un arbitrio del diablo, y fue de comprar reposteros [153] de tabernas, y colgarlos. Costáronme veinte y cinco o treinta

---

[152] *Ciego*: El tema de los ciegos, con sus rezos y relaciones, se encuentra ampliamente difundido en la literatura de la época.

[153] *Reposteros*: Un paño cuadrado, con las armas del señor, que sirve para ponerlo sobre las cargas de las acémilas y también para colgarlo en las antecámaras y balcones.

reales, y eran más para ver que cuantos tiene el Rey, pues por éstos se veía de puros rotos, y por esotros no se verá nada.

Sucediome un día la mejor cosa del mundo, que, aunque es en mi afrenta, la he de contar. Yo me recogía en mi posada, el día que escribía comedia, al desván, y allí me estaba y allí comía; subía una moza con la vianda, y dejábamela allí. Yo tenía por costumbre escribir representando recio, como si lo hiciera en el tablado. Ordena el diablo que, a la hora y punto que la moza iba subiendo por la escalera, que era angosta y escura, con los platos y olla, yo estaba en un paso de una montería, y daba grandes gritos componiendo mi comedia; y decía:

Guarda el oso, guarda el oso,
que me deja hecho pedazos,
y baja tras ti furioso;

que entendió la moza —que era gallega—, como oyó decir «bajar tras ti» y «me deja», que era verdad, y que la avisaba. Va a huir y, con la turbación, písase la saya, y rueda toda la escalera, derrama la olla y quiebra los platos, y sale dando gritos a la calle, diciendo que mataba un oso a un hombre. Y, por presto que yo acudí, ya estaba toda la vecindad conmigo preguntando por el oso; y aun contándoles yo cómo había sido ignorancia de la moza, porque era lo que he referido de la comedia, aun no lo querían creer; no comí aquel día. Supiéronlo los compañeros, y fue celebrado el cuento en la ciudad. Y destas cosas me sucedieron muchas mientras perseveré en el oficio de poeta y no salí del mal estado.

Sucedió, pues, que a mi autor —que siempre paran en esto—, sabiendo que en Toledo le había ido bien, le ejecutaron no sé por qué deudas, y le pusieron en la cárcel, con lo cual nos desmembramos todos, y echó cada uno por su parte. Yo, si va a decir verdad, aunque los compañeros me querían guiar a otras compañías, como no aspiraba a semejantes oficios y el andar en ellos era por necesidad, ya que me veía con dineros y bien puesto, no traté más que de holgarme.

Despedime de todos; fuéronse, y yo, que entendí salir de mala vida con no ser farsante, si no lo ha v. m. por enojo, di en amante de red, como cofia, y por hablar más claro, en pretendiente de Antecristo [154], que es lo mismo que galán de monjas. Tuve ocasión para dar en esto porque una, a cuya petición había yo hecho muchos villancicos, se aficionó en un auto del Corpus de mí, viéndome representar un San Juan Evangelista, que lo era ella [155]. Regalábame la mujer con cuidado, y habíame dicho que sólo sentía que fuese farsante, porque yo había fingido que era hijo de un gran caballero, y dábala compasión. Al fin, me determiné de escribirla lo siguiente:

CARTA

«Más por agradar a v. m. que por hacer lo que me importaba, he dejado la compañía; que, para mí, cualquiera sin la suya es soledad. Ya seré tanto más suyo, cuanto soy más mío. Avíseme cuándo habrá locutorio [156], y sabré juntamente cuándo tendré gusto», etc.

---

[154] *Pretendiente de Antecristo*: El Antecristo había de ser hijo de un clérigo y de una monja. El galán de monjas no era demasiado raro en la época. El obispo de Lérida dio un edicto en el que prohibía bajo pena de excomunión la entrada en los conventos de monjas a los estudiantes de más de catorce años. *Amante de red*: Por amante de celosía, semejante a una red.

[155] *Que lo era ella*: Era de la Orden de San Juan Evangelista.

[156] *Locutorio*: Lugar en el convento dividido por una celosía donde se recibían las visitas.

Llevó el billetico la andadera [157]; no se podrá creer el contento de la buena monja sabiendo mi nuevo estado. Respondiome desta manera:

RESPUESTA

«De sus buenos sucesos, antes aguardo los parabienes que los doy, y me pesara dello a no saber que mi voluntad y su provecho es todo uno. Podemos decir que ha vuelto en sí; no resta ahora sino perseverancia que se mida con la que yo tendré. El locutorio dudo por hoy, pero no deje de venirse v. m. a vísperas [158], que allí nos veremos, y luego por las vistas, y quizá podré yo hacer alguna pandilla [159] a la abadesa. Y adiós.»

Contentome el papel, que realmente la monja tenía buen entendimiento y era hermosa. Comí y púseme el vestido con que solía hacer los galanes en las comedias. Fuime derecho a la iglesia, recé, y luego empecé a repasar todos los lazos y agujeros de la red con los ojos, para ver si parecía; cuando Dios y enhorabuena —que más era diablo y en hora mala—, oigo la seña antigua: empieza a toser, y yo a toser; y andaba una tosidura de Barrabás. Arremedábamos un catarro, y parecía que habían echado pimiento en la iglesia. Al fin, yo estaba cansado de toser, cuando se me asoma a la red una vieja tosiendo, y echo de ver mi desventura, que es peligrosísima seña en los conventos; porque como es seña a las mozas, es costumbre en las viejas, y hay hombre que piensa que es reclamo de ruiseñor, y le sale después graznido de cuervo.

---

[157] *Andadera*: Mandadera.
[158] *Vísperas*: Una de las horas del oficio divino que se dice después de la nona, y que antiguamente solían cantarse hacia el anochecer.
[159] *Pandilla*: Trampilla.

Estuve gran rato en la iglesia, hasta que empezaron vísperas. Oílas todas, que por esto llaman a los enamorados de monjas «solenes enamorados», por lo que tienen de vísperas, y tienen también que nunca salen de vísperas del contento, porque no se les llega el día jamás.

No se creerá los pares de vísperas que yo oí. Estaba con dos varas de gaznate más del que tenía cuando entré en los amores —a puro estirarme para ver—, gran compañero del sacristán y monacillo, y muy bien recibido del vicario, que era hombre de humor. Andaba tan tieso, que parecía que almorzaba asadores y que comía virotes [160].

Fuime a las vistas, y allá, con ser una plazuela bien grande, era menester enviar a tomar lugar a las doce, como para comedia nueva: hervía en devotos. Al fin, me puse en donde pude; y podíanse ir a ver, por cosas raras, las diferentes posturas de los amantes. Cuál, sin pestañear, mirando, con su mano puesta en la espalda, y la otra con el rosario, estaba como figura de piedra sobre sepulcro; otro, alzadas las manos y estendidos los brazos a lo seráfico [161], recibiendo las llagas; cuál, con la boca más abierta que la de mujer pedigüeña, sin hablar palabra, la enseñaba a su querida las entrañas por el gaznate; otro, pegado a la pared, dando pesadumbre a los ladrillos, parecía medirse con la esquina; cuál se paseaba como si le hubieran de querer por el portante, como a macho; otro, con una cartica en la mano, a uso de cazador con carne, parecía que llamaba halcón. Los celosos era otra banda; éstos, unos estaban en corrillos riéndose y mirando a ellas; otros, leyendo coplas y enseñándoselas; cuál, para dar picón [162], pasaba por el terreno [163], con una mujer de la mano;

---

[160]   *Virotes*: Especie de saetas.
[161]   *Seráfico*: Perteneciente o parecido al serafín. Éste es una clase de ángel alado.
[162]   *Picón*: Celos, disgusto; envidia.
[163]   *Terreno*: La calle o campo frente a la casa donde acostumbraban a pasear los galanes.

y cuál hablaba con una criada echadiza [164] que le daba un recado.

Esto era de la parte de abajo y nuestra, pero de la de arriba, adonde estaban las monjas, era cosa de ver también; porque las vistas era una torrecilla llena de redendijas toda, y una pared con deshilados, que ya parecía salvadera, ya pomo de olor. Estaban todos los agujeros poblados de brújulas[165], allí se veía una pepitoria [166], una mano y acullá un pie; en otra parte había cosas de sábado [167], cabezas y lenguas, aunque faltaban sesos; a otro lado se mostraba buhonería [168], una enseñaba el rosario, cuál mecía el pañizuelo, en otra parte colgaba un guante, allí salía un listón verde... Unas hablaban algo recio, otras tosían; cuál hacía la seña de los sombrereros [169], como si sacara arañas, ceceando.

En verano, es de ver cómo no sólo se calientan al sol, sino se chamuscan; que es gran gusto verlas a ellas tan crudas y a ellos tan asados. En invierno acontece, con la humedad, nacerle a uno de nosotros berros y arboledas, en el cuerpo. No hay nieve que se nos escape, ni lluvia que se nos pase por alto; y todo esto, al cabo, es para ver una mujer por red y vidrieras, como güeso de santo; es como enamorarse de un tordo en jaula, si habla, y, si calla, de un retrato. Los favores

---

[164] *Echadizo*: El que viene engañosamente enviado con secreto por algún otro para llevar luz de lo que está bien.

[165] *Brújula*: Asomo, aparición atisbada. Propiamente es el agujerito de la puntería de la escopeta... y es menester mucho tiento y flema para encarar con él.

[166] *Pepitoria*: Un guisado que se hace de los pescuezos y alones del ave.

[167] *Cosas de sábado*: Son, efectivamente, cabezas y lenguas porque se acostumbraba continuar la abstinencia del viernes, aunque con menor rigor. La Iglesia permitía comer lo que se llamaban las «grosuras», que son precisamente lo que Quevedo menciona.

[168] *Buhonería*: Lo que llevaba en su buhón el buhonero: cosas menudas y femeninas, como alfileres, rosarios, etc.

[169] *Seña de los sombrereros*: Se trata de sacar los dedos por entre los agujeros, para hacer seña al amigo; semejaban desde la calle patas de araña en movimiento.

son todos toques, que nunca llegan a cabes: un paloteadico con los dedos. Hincan las cabezas en las rejas, y apúntanse los requiebros por las troneras. Aman al escondite. ¿Y verlos hablar quedito y de rezado? ¡Pues sufrir una vieja que riñe, una portera que manda y una tornera que miente! Y lo mejor es ver cómo nos piden celos de las de acá fuera, diciendo que el verdadero amor es el suyo, y las causas tan endemoniadas que hallan para probarlo.

Al fin, yo llamaba ya «señora» a la abadesa, «padre» al vicario y «hermano» al sacristán, cosas todas que, con el tiempo y el curso, alcanza un desesperado. Empezáronme a enfadar las torneras con despedirme y las monjas con pedirme. Consideré cuán caro me costaba el infierno, que a otros se da tan barato y en esta vida, por tan descansados caminos. Veía que me condenaba a puñados, y que me iba al infierno por sólo el sentido del tacto. Si hablaba, solía —porque no me oyesen los demás que estaban en las rejas— juntar tanto con ellas la cabeza, que por dos días siguientes traía los hierros estampados en la frente, y hablaba como sacerdote que dice las palabras de la consagración. No me veía nadie que no decía: —«¡Maldito seas, bellaco monjil!», y otras cosas peores.

Todo esto me tenía revolviendo pareceres, y casi determinado a dejar la monja, aunque perdiese mi sustento. Y determíneme el día de San Juan Evangelista, porque acabé de conocer lo que son las monjas. Y no quiera v. m. saber más de que las Bautistas todas enronquecieron adrede, y sacaron tales voces, que, en vez de cantar la misa, la gimieron; no se lavaron las caras, y se vistieron de viejo. Y los devotos de las Bautistas, por desautorizar la fiesta, trujeron banquetas en lugar de sillas a la iglesia, y muchos pícaros del rastro. Cuando yo vi que las unas por el un santo, y las otras por el otro, trataban indecentemente dellos, cogiéndola a la monja mía, con título de rifárselos, cincuenta escudos de cosas de labor —medias de seda, bolsicos de ámbar y dulces—, tomé mi camino para Sevilla, temiendo que, si más aguardaba, había de ver nacer mandrágoras [170] en los locutorios.

Lo que la monja hizo de sentimiento, más por lo que la llevaba que por mí, considérelo el pío lector.

---

[170] *Mandrágora*: Clase de planta, sin tallo, con muchas hojas aterciopeladas, muy grandes; con flores de mal olor en forma de campanilla; se ha usado en medicina como narcótico, y acerca de sus propiedades corrían en la antigüedad muchas fábulas.

CAPÍTULO X

De lo que me sucedió en Sevilla hasta embarcarme a Indias

Pasé el camino de Toledo a Sevilla prósperamente, porque, como yo tenía ya mis principios de fullero, y llevaba dados cargados [171] con nueva pasta de mayor y de menor, y tenía la mano derecha encubridora de un dado —pues preñada de cuatro, paría tres—, llevaba gran provisión de cartones de lo ancho y de lo largo para hacer garrotes de morros y ballestilla; y así, no se me escapaba dinero.

Dejo de referir otras muchas flores [172], porque, a decirlas todas, me tuvieran más por ramillete que por hombre; y también, porque antes fuera dar que imitar, que referir vicios de que huyan los hombres. Más quizá declarando yo algunas chanzas y modos de hablar, estarán más avisados los ignorantes, y los que leyeren mi libro serán engañados por su culpa.

No te fíes, hombre, en dar tú la baraja, que te la trocarán al despabilar de una vela. Guarda el naipe de tocamientos,

---

[171] *Dados cargados*: Se hacían vaciándolos y poniendo por dentro plomo u otro metal para que pesasen más por alguna de sus caras; a veces también se ponían algunos puntos repetidos. *Garrote* es una trampa común entre fulleros, que parece ser consistía en prensar las cartas por diversos lugares. *Morros* y *ballestilla* son nombres con que se designaban partes muy concretas del naipe, donde se hacían señales.

[172] *Flores*: Trampas del juego de cartas.

raspados o bruñidos [173], cosa con que se conocen los azares [174]. Y por si fueres pícaro [175], lector, advierte que, en cocinas y caballerizas, pican con un alfiler o doblan los azares, para conocerlos por lo hendido. Y si tratares con gente honrada, guárdate del naipe, que desde la estampa fue concebido en pecado, y que, con traer atravesado el papel, dice lo que viene. No te fíes de naipe limpio, que, al que da vista y retiene, lo más jabonado es sucio. Advierte que, a la carteta [176], el que hace los naipes que no doble más arqueadas las figuras, fuera de los reyes, que las demás cartas, porque el tal doblar es por tu dinero difunto. A la primera, mira no den de arriba las que descarta el que da, y procura que no se pidan cartas o por los dedos en el naipe o por las primeras letras de las palabras.

No quiero darte luz de más cosas; éstas bastan para saber que has de vivir con cautela, pues es cierto que son infinitas las maulas que te callo. «Dar muerte» llaman quitar el dinero, y con propiedad; «revesa» llaman la treta contra el amigo, que de puro revesada no la entiende; «dobles» son los que acarrean sencillos para que los desuellen estos rastreros [177] de bolsas; «blanco» llaman al sano de malicia y bueno como el pan, y «negro» al que deja en blanco sus diligencias.

Yo, pues, con este lenguaje y estas flores, llegué a Sevilla; con el dinero de las camaradas, gané el alquiler de las mulas, y la comida y dineros a los huéspedes de las posadas. Fuime luego a apear al mesón del Moro, donde me topé

---

[173] *Bruñidos*: De bruñir, acción de acicalar, sacar brillo o lustre a una cosa; como metal, piedra, etc.

[174] *Azares*: Cartas contrarias.

[175] *Pícaro*: Criado.

[176] *Carteta*: Juego de envite semejante al parar; *hacer los naipes*, prepararlos para las trampas.

[177] *Rastreros*: Matarifes empleados en el rastro.

un condiscípulo mío de Alcalá, que se llamaba Mata, y agora se decía, por parecerle nombre de poco ruido, Matorral. Trataba en vidas, y era tendero de cuchilladas[178], y no le iba mal. Traía la muestra dellas en su cara, y por las que le habían dado, concertaba tamaño y hondura de las que había de dar. Decía: —«No hay tal maestro como el bien acuchillado»; y tenía razón, porque la cara era una cuera, y él un cuero. Díjome que me había de ir a cenar con él y otros camaradas, y que ellos me volverían al mesón.

Fui; llegamos a su posada, y dijo: —«Ea, quite la capa vuacé[179], y parezca hombre, que verá esta noche todos los buenos hijos de Sevilla. Y porque no lo tengan por maricón, ahaje ese cuello y agobie de espaldas; la capa caída, que siempre nosotros andamos de capa caída; ese hocico, de tornillo: gestos a un lado y a otro; y haga vucé de las *g, h*, y de las *h, g*. Diga conmigo: *gerida, mogino, jumo, pahería, mohar, habalí* y *harro* de vino.» Tomelo de memoria. Prestome una daga, que en lo ancho era alfanje, y, en lo largo, de comedimiento suyo no se llamaba espada, que bien podía. —«Bébase» —me dijo— «esta media azumbre de vino puro, que si no da vaharada[180], no parecerá valiente.»

Estando en esto, y yo con lo bebido atolondrado, entraron cuatro dellos, con cuatro zapatos de gotoso[181] por caras, andando a lo columpio, no cubiertos con las capas sino fajados por los lomos; los sombreros empinados sobre la frente, altas las faldillas de delante, que parecían diademas; un par de herrerías enteras por guarniciones de dagas y espadas; las conteras, en conversación con el calcañar derecho; los ojos

---

[178] *Tendero de cuchilladas*: Se encargaba de dar cuchilladas de mayor o menor tamaño, según el precio.

[179] *Vuacé*: Vuestra merced, común entre los pícaros.

[180] *Vaharada*: Acción y efecto de echar el vaho o aliento con olor de vino como muestra de hombría.

[181] *Gotoso*: Los zapatos de gotoso son muy grandes. Literalmente, que padece gota.

derribados, la vista fuerte; bigotes buidos a lo cuerno, y barbas turcas [182], como caballos.

Hiciéronnos un gesto con la boca, y luego a mi amigo le dijeron, con voces mohínas, sisando palabras: —«Seidor» [183]. —«So compadre», respondió mi ayo. Sentáronse; y para preguntar quién era yo, no hablaron palabra, sino el uno miró a Matorrales, y, abriendo la boca y empujando hacia mí el labio de abajo, me señaló. A lo cual mi maestro de novicios satisfizo empuñando la barba y mirando hacia abajo. Y con esto, se levantaron todos y me abrazaron, yo a ellos, que fue lo mismo que si catara cuatro diferentes vinos.

Llegó la hora de cenar; vinieron a servir unos pícaros, que los bravos llaman «cañones» [184]. Sentámonos a la mesa; aparecióse luego el alcaparrón [185]; empezaron, por bienvenido, a beber a mi honra, que yo, hasta que la vi beber, no entendí que tenía tanta. Vino pescado y carne, y todo con apetitos [186] de sed. Estaba una artesa en el suelo llena de vino, y allí se echaba de bruces el que quería hacer la razón; contentome la penadilla [187]; a dos veces, no hubo hombre que conociese al otro.

Empezaron pláticas de guerra; menudeábanse los juramentos; murieron, de brindis a brindis, veinte o treinta sin confesión; recetáronsele al asistente [188] mil puñaladas. Tratóse de la buena memoria de Domingo Tiznado [189] y Gayón;

---

[182] *Barbas turcas*: Forma de llevar la barba que es desconocida.

[183] *Seidor*: Servidor.

[184] *Cañón*: El que sirve de criado a un rufián. En otra acepción, soplón.

[185] *Alcaparrón*: Fruto de la alcaparra que se come encurtido.

[186] *Apetitos*: Aperitivos.

[187] *Penadilla*: La taza «penada», llamada así porque con ella se bebía poco y con dificultad, por tener el borde vuelto hacia afuera. Quevedo llama irónicamente *penadilla* a la artesa.

[188] *Asistente*: El corregidor de Sevilla.

[189] Domingo Tiznado, Pedro Vázquez de Escamilla, Alonso Álvarez de Soria, que murió ahorcado, fueron célebres pícaros cantados en romances; el último fue también poeta.

derramose vino en cantidad al ánima de Escamilla, los que las cogieron tristes, lloraron tiernamente al mal logrado Alonso Álvarez. Y a mi compañero, con estas cosas, se le desconcertó el reloj de la cabeza, y dijo, algo ronco, tomando un pan con las dos manos y mirando a la luz: ─«Por ésta, que es la cara de Dios, y por aquella luz que salió por la boca del ángel, que si vucedes quieren, que esta noche hemos de dar al corchete que siguió al pobre Tuerto» [190]. Levantose entre ellos alarido disforme, y desnudando las dagas, lo juraron; poniendo las manos cada uno en un borde de la artesa, y echándose sobre ella de hocicos, dijeron: ─«Así como bebemos este vino, hemos de beberle la sangre a todo acechador.» ─«¿Quién es este Alonso Álvarez» ─pregunté─ «que tanto se ha sentido su muerte?» ─«Mancebito [191]» ─dijo el uno─ «lidiador ahigado, mozo de manos y buen compañero. ¡Vamos, que me retientan los demonios!».

Con esto, salimos de casa a montería de corchetes. Yo, como iba entregado al vino y había renunciado en su poder mis sentidos, no advertí al riesgo que me ponía. Llegamos a la calle de la Mar, donde encaró con nosotros la ronda. No bien la columbraron, cuando, sacando las espadas, la embistieron. Yo hice lo mismo, y limpiamos dos cuerpos de corchetes de sus malditas ánimas, al primer encuentro. El alguacil puso la justicia en sus pies, y apeló [192] por la calle arriba dando voces. No lo pudimos seguir, por haber cargado delantero [193]. Y, al fin, nos acogimos a la Iglesia Mayor, donde nos amparamos del rigor de la justicia, y dormimos lo necesario para espumar el vino que hervía en los cascos. Y vueltos ya en nuestro acuerdo, me espantaba yo de ver que hubiese

---

[190] *Tuerto*: Alonso Álvarez, llamado «El Tuerto».
[191] *Mancebito*: En lengua rufianesca, tanto como valentón.
[192] *Apeló*: Huyó.
[193] *Cargar delantero*: Embriagarse.

perdido la justicia dos corchetes, y huido el alguacil de un racimo de uvas, que entonces lo éramos nosotros.

Pasábamoslo en la iglesia notablemente, porque, al olor de los retraídos, vinieron ninfas, desnudándose para vestirnos. Aficionóseme la Grajales; vistiome de nuevo de sus colores. Súpome bien y mejor que todas esta vida; y así, propuse de navegar en ansias [194] con la Grajal hasta morir. Estudié la jacarandina [195], y en pocos días era rabí de los otros rufianes.

La justicia no se descuidaba de buscarnos; rondábamos la puerta, pero, con todo, de media noche abajo, rondábamos disfrazados. Yo que vi que duraba mucho este negocio, y más la fortuna en perseguirme, no de escarmentado —que no soy tan cuerdo—, sino de cansado, como obstinado pecador, determiné, consultándolo primero con la Grajal, de pasarme a Indias con ella, a ver si, mudando mundo y tierra, mejoraría mi suerte. Y fueme peor, como v. m. verá en la segunda parte, pues nunca mejora su estado quien muda solamente de lugar, y no de vida y costumbres.

---

[194] *Navegar en ansias*: Pasar afanes y amores.
[195] *Jacarandina*: La música con que se cantaban las jácaras; esto es, composiciones poéticas de tema rufianesco.

ÍNDICE

CLÁSICOS DE LA LITERATURA